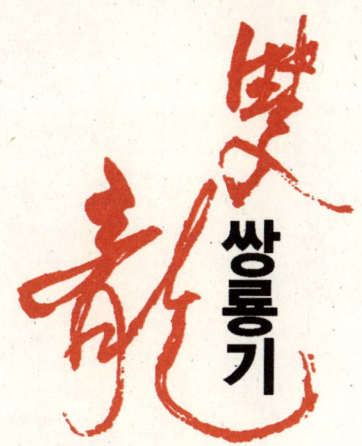

쌍룡기

장담 신무협 장편소설
ORIENTAL FANTASY STORY & ADVENTURE
❹

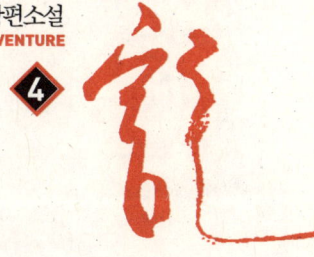

dream books
드림북스

쌍룡기 4
구천신교(九天神敎)

초판 1쇄 인쇄 / 2010년 4월 22일
초판 1쇄 발행 / 2010년 5월 2일

지은이 / 장담

발행인 / 오영배
편집장 / 김경인
펴낸 곳 / (주)삼양출판사 · 드림북스

주소 / 서울특별시 강북구 미아8동 322-10호
대표 전화 / 02-980-2112 팩스 02-983-0660
편집부 전화 / 02-980-2116 팩스 / 02-983-8201
블로그 / blog.naver.com/dream_books

등록번호 / 제9-00046호
등록일자 / 1999년 3월 11일

ⓒ 장담, 2010

값 8,000원

(주)삼양출판사 · 드림북스의 서면 허락 없이는 어떠한
형태나 수단으로도 이 책의 내용을 이용하지 못합니다.

ISBN 978-89-542-3763-5   04810
ISBN 978-89-542-3679-9   (세트)

* 지은이와 협의하에 인지는 생략합니다.
* 잘못된 책은 구입한 곳에서 바꾸어 드립니다.

목차

제1장   광마와의 만남   007
제2장   수라단주가 되다   037
제3장   지옥마갑(地獄魔匣), 이름을 얻다   073
제4장   대총회(大總會)   101
제5장   호교무장전(護教武將戰)은 시작되고   133
제6장   거래(去來)   165
제7장   인연(因緣)은 돌고 도는데……   193
제8장   그러게, 왜 건드려?   219
제9장   사도관, 장안표국(長安鏢局)을 입김으로 누르다   253
제10장 속고, 속이고……   279

제1장
광마와의 만남

1.

 모두 십여 줄기의 기운. 능히 초일류 이상의 경지, 절정의 기운조차 느껴졌다.
 감교악의 호위무사들인 듯했다.
 조금만 수상한 짓을 해도 그들이 사방팔방에서 쏟아져 나올 것이었다.
 하지만 사도무영은 그들의 존재를 이미 알고 있던 터라 눈썹 한 올 흔들리지 않았다.
 '좋아, 어디 시작해 볼까?'
 두 손을 천천히 들어 올린 그는 현천수호령의 기운을 나름대로 변형해서 두 손에 끌어 모았다. 일전에 보았던 현유의 묵령기를 떠올리며.

현천수호령의 기운을 감교악이 알아볼까?

모를 가능성이 컸다. 대교주를 억누를 수 있는 비장의 무공을 대중에게 공개했을 리가 없다. 설령 팔대종파의 종주라 해도.

만약 감교악이 의심하면 끝까지 우길 생각이었다.

현천수호령도 어차피 현천교의 무공과 같은 줄기, 최소한 비슷한 느낌은 주겠지.

현천수호령의 기운이 두 손으로 모이자, 묵령기와는 또 다른 어둠의 기운이 손바닥에 떠올랐다.

감교악이 그걸 보더니, 묘한 눈빛을 번뜩였다. 워낙 찰나간의 변화여서 감평악도 사도무영도 눈치채지 못했다.

"그건 혹시 현천비령공이 아닌가?"

'당신 마음대로 생각하쇼.'

다행이었다. 감교악이 바로 떠올릴 수 있는 무공과 비슷하게 보여서.

"눈을 어지럽힌 건 아닌지 모르겠습니다."

"정말 대단하군. 비록 미흡한 면이 있긴 하지만, 현천교에서 가장 뛰어난 삼대 심공 중 하나를 익히고 있었다니!"

"과찬이십니다."

"하하하, 좋아, 아주 훌륭해. 앞으로 수라종파의 사람으로서 열심히 살도록 해라. 공을 세운다면 푸짐한 상을 내릴 것이니라."

"예, 종주."

"열흘 후 신교에서 열리는 대총회에서 호교무장전이 벌어진다. 각 종파마다 다섯 사람이 대표로 나가게 되는 즉, 너를 그 다섯 중 하나로 보낼 생각이다. 물론 네 실력이 뛰어나다는 건 익히 짐작한다만, 그래도 본교의 무공에 대해서 조금이라도 알고 있어야 할 터, 그러니 대총회 전까지 수라경을 익히는데 주력하도록 하라."

"예, 종주."

사도무영은 기계처럼 대답했다.

궁금한 것은 많지만 질문하지 않았다. 어차피 감평악이 다 들려줄 터, 공연히 의심을 살 행동을 할 필요는 없었다.

'신교에서 열리는 대총회라……'

잘하면 생각보다 일찍 구천신교의 총단으로 갈 것 같다. 그거면 충분했다.

종주의 방을 나온 사도무영과 감평악은 서각으로 갔다. 감평악은 기분이 좋은 듯 입가의 웃음을 지우지 않았다.

"적당히 잘했다."

사도무영이 감평악의 기분을 맞춰주었다. 앞으로 도움을 많이 받아야 하니까.

"저는 냉혹한 분보다 조금 부드러운 분을 좋아하지요."

"허허허."

감평악의 입이 쫘악 찢어졌다.
'이놈을 잘만 이용하면……. 흐흐흐흐, 언제까지 이인자로 살라는 법은 없지 않겠나? 대총회가 끝나면 강호를 도모하게 될 텐데…….'

수라곡의 중심을 기준으로 길이 일(一) 자로 나 있었다.
두 사람이 그 길을 따라 서각으로 가는 동안 이십여 명이 인사를 건넸다. 감평악은 차가운 표정으로 슬쩍 고개를 끄덕이며 인사를 받아 주었다.
'돌아다니는 사람이 별로 없군.'
사도무영은 서각까지 가며 수라곡 내부를 둘러보았다.
건물이 없는 곳은 대부분이 농지였다. 농지는 계단식으로 되어 있었는데, 바위만 있던 곳도 바위를 잘게 부수어서 흙과 섞어 농지를 만든 듯했다.
날씨가 따뜻해서 그런지, 늦가을인데도 수십 층의 계단식 농지에선 채소들이 파랗게 자라고 있었다.
사도무영은 농지를 보고 나서야 이들이 왜 여태 세상에 알려지지 않았는지 알 것 같았다.
'천혜의 땅에 이런 사교가 들어서 있다니, 하늘이 졸고 있나…….'

서각은 이층으로 되어 있었는데, 금방이라도 귀신이 튀어나올 것처럼 침침하고 써늘했다.

"총령을 뵙습니다."

서각을 관리하는 자로 보이는 자가 두 손의 손바닥을 붙이고는 가슴까지 올린 후 허리를 숙였다.

수라종파 내에서 간혹 보이는 모습이었는데, 상급자에게 건네는 인사의 일종이었다.

"종주님의 명으로 비고에 들 것이다. 문을 열어라."

"예, 총령."

서각의 관리자는 달랑 하나 있는 등잔을 들고 지하로 내려갔다.

감평악은 고갯짓을 하고는 그의 뒤를 따라 걸음을 옮겼다. 사도무영도 묵묵히 그의 뒤만 따랐다.

계단을 삼십여 개 정도 내려가자 문이 나왔다.

서각의 관리자가 커다란 열쇠를 손잡이 부분의 구멍에 집어넣고 돌렸다.

쿠르르르.

열쇠가 다 돌아가자, 비고의 문이 둔중한 소리와 함께 열렸다.

'호, 기관이 제법인데?'

사도무영이 내심 감탄하고 있는데, 서각의 관리자가 안으로 들어가 등잔에 불을 붙였다.

수라곡은 깊은 산중에 있다 보니, 여러 가지 생필품이 부족했다. 기름도 마찬가지였다. 그들은 철저히 한 곳에 하나의 등잔만을 켰고, 사람이 없으면 반드시 소등을 했다.

그 바람에 비고 안은 겨우 앞이 보일 정도의 빛밖에 없었다. 물론 사도무영이나 감평악에게는 아무런 지장도 주지 않았지만.

"잠깐 기다리게."

감평악은 한곳으로 가더니 한 권의 책을 꺼내왔다. 제법 두꺼워서 족히 백 장은 될 것 같았는데, 겉면 양피지에 세 글자가 새겨져 있었다.

수라경 (修羅經)

사도무영이 두어 장 읽어보는 사이, 감평악은 한쪽 구석으로 가서 한 권의 책을 더 꺼내왔다.

가죽으로 된 것이었는데, 대충 봐도 표지까지 다 합쳐 열 장이 안 될 것 같았다.

"이건 내가 자네에게 주는 선물이네."

사도무영은 공짜를 싫어하지 않았다.

책을 받아든 그는 표지를 바라보았다. 표지에는 무공 명칭이 적혀 있었는데, 무려 열 자나 되었다.

'아수라무광일도단천식(阿修羅無光一刀斷天式)? 제목 한 번 거창하군.'

좀 더 솔직히 말하면, 유치했다.

그래도 그는 환하게 웃으며 진정으로 고맙다는 인사를 했다.
"감사합니다, 총령."
"자네가 도를 익혀서 주긴 하는데, 너무 고마워하지는 말게. 아무도 익히지 못해서 구석에 수백 년 동안 처박혀 있던 것이니까. 자, 나가세. 퀴퀴한 냄새가 너무 독하군."

사도무영은 두 권의 책을 들고 서각을 나왔다.

관리자가 두 권의 책을 보더니, 감평악에게 안 된다는 투로 말하려다 말고 입을 다물었다.

비고에서 반출할 수 있는 책은 한 권뿐이었다. 당연히 수라경 외의 책은 가져가면 안 되었다.

한데 수라경과 함께 있는 책의 제목을 본 그는, 교의 이인자인 총령과 싸우느니 반출을 허락하기로 했다. 어차피 그 책은 아무도 찾지 않는 책이니까.

그는 비웃음이 가득한 눈빛으로 사도무영을 힐끔 쳐다보고는 수라경만 목록에 적었다.

"서각에 있던 자가 왜 그런 표정으로 저를 본 겁니까?"

사도무영이 서각을 나오면서 감평악에게 물었다.

감평악은 대충 얼버무렸다.

"별거 아니네. 그저 그 책을 가져가는 사람이 거의 없는데, 하도 오랜만에 가져가서 그럴 거네."

아무래도 그게 아닌 것 같다. 그래도 공짠데 뭐 어떠랴.

"그래요? 거 참, 별스런 사람이군요."

서각에서 사도무영의 거처까지 삼십여 장 가량 되었다. 한데도 그곳까지 가면서 본 사람은 십여 명에 불과했다.

협곡 상부에 걸쳐져 있는 안개로 인한 우중충한 날씨 때문인지 사람들의 얼굴도 어둡게 느껴졌다.

'하긴 이런 분위기에서 웃으면, 그 사람이 이상한 거지.'

방으로 돌아온 사도무영은 수라경을 한쪽에 놓고, 감평악이 인심 쓰듯이 준 책을 먼저 들쳐보았다.

서각의 관리인이 왜 비웃는 표정으로 자신을 봤는지 궁금했던 것이다.

그리고 곧, 그 까닭을 깨달았다.

"이, 이게 뭐야?"

표지를 넘기자 온통 시커멓게 칠해진 첫 장이 보였다.

사이사이 실처럼 생긴 빈 공간이 보이긴 하지만, 그 정도면 먹물에 담갔다 뺐다고 해도 믿을 만했다.

사도무영은 실소를 지으며 다시 한 장을 넘겼다.

책을 남긴 자가 쓴 글이 보였다. 부동심이 많이 흔들렸는지 상당히 번잡한 글이었다.

　　총교에 놀러갔다가 우연히 얻었다. 멍청한 놈들! 이런 엄청난 보물을 아무렇게나 방치하고 있다니! 하긴 도(刀)를 모르는 놈들이 어찌 보물의 가치를 알 수 있으랴. 교도들이여, 볼 수 있으면 일도로 하늘을 가를 수 있을 것이다.

아아! 아쉽도다. 본좌의 나이가 십 년만 젊었어도…….

진정 엄청난 도법이로다. 십 년 노력으로도 진체를 깨닫기가 힘들다니…….

……빌어먹을. 속은 건가? 총교 놈들이 본좌를 심마에 빠뜨리려고 고의로 넘긴 거란 말인가?

아아아, 이제야 뭔가를 알 것 같은데 죽음이 다가오는구나. 후예여, 부디 본좌가 못다 완성한 이 도법을 완성해서, 본좌를 비웃는 모든 자들에게…….

사도무영은 다음 장을 넘겨보았다.
검었다.
그리도 다음 장도, 또 다음 장도……. 검었다.
'왜 이런 걸 비고에 넣어둔 거지? 정말 엄청난 도법이 여기에 있는 건가?'
사도무영은 한쪽에 던져버리고 싶은 것을 꾹 참고 마지막장까지 넘겨보았다.
미친 듯이 갈겨쓴 글씨가 마지막장을 장식하고 있었다.

삼대종주 아수라광마(阿修羅狂魔) 뇌동천이 남기노라.
절대 버리지 말고, 대대로 물려주며 연구토록 하라.

책을 지은 이도 후예들이 버릴지 모른다는 불안감을 느낀 듯했다. 하긴 자신조차, 공짜로 얻은 책인데도 던져버리고 싶을 정돈데 오죽했을까.

수라종파의 교도들도 전대종주가 그렇게까지 말하니 차마 유명을 어기지 못하고 한쪽 구석에 놔둔 것 같았다. 어차피 손해 볼 것도 없으니까.

'광마(狂魔)라고 불린 걸 보니 그 성격을 대충은 알 것 같군.'

그래도 혹시 알아?

사도무영은 실망감을 일단 접어놓고, 그 책을 첫 장부터 세밀히 살펴보았다.

이리 보고 저리 보고, 요리 보고 조리 보고, 시커멓게 칠해진 면을 불빛에 비춰보기도 하고, 책을 거꾸로 들고 살펴보기도 했다.

그렇게 한 시진. 끈질기게 살펴보다 보니 눈앞이 온통 시커멓게 보였다.

사도무영은 수라경을 들어 그 책 위에 쾅 소리가 나도록 얹었다.

'엉큼한 작자가 준 공짜 책에서 뭘 바란 내가 미친놈이지.'

사도무영은 감평악을 씹으며 수라경의 표지를 넘겼다.

수라경은 둘로 나누어져 있었다. 앞쪽에는 수라종파의 법도에 관한 것이 적혀 있었고, 뒤에는 모두 다섯 가지의 기본 무공이 적혀 있었다.

　사도무영은 먼저 앞쪽을 쭉 읽어 보았다.

　장이 넘어갈수록 어이가 없었다.

　수라경 대로라면, 아수라를 믿는 사람에게는 사람 죽이는 것이 결코 죄가 아니었다. 상대가 그 어떤 사람이라도.

　오히려 정의로운 사람이나, 부처를 믿는 불승들을 죽이는 것은 공덕을 쌓는 길이라는 말까지 있었다.

　선이든 악이든, 사람의 본성은 태어날 때부터 정해져 있는데, 선을 추종하는 자들은 그걸 무시하고 자신들 맘대로 사람의 본성을 바꾸려 한다는 것이었다.

　결국 세상을 혼란케 하는 것은 악이 아니라 선이니, 그들을 없애야 세상이 순리대로 돌아간다는 게 수라종파의 주장이었다.

　얼핏 그럴 듯한 말로 들릴 수도 있었다. 하지만 다 개소리였다.

　'그럼 지들이 아무리 나쁜 짓을 해도 그냥 놔둬야 한단 말이야? 사람을 죽여도 아무 말 말고, 도둑질을 해도 놔두고, 여자를 범해도 웃으며 봐주라고? 그럼 선한 사람들만 당하라는 말이잖아. 미친놈들!'

　사도무영은 속으로 욕을 퍼붓고는, 뒤쪽의 무공을 살펴보았다.

　기본심법인 수라마공(修羅魔功), 각기 귀천(鬼天), 광혼(狂魂),

혈우(血雨)라는 이름이 붙은 세 종류의 수라검법, 아수라구도식(阿修羅九刀式)과 혈성도법(血星刀法), 혈라수(血羅手)와 수라마수(修羅魔手), 귀영신법(鬼影身法) 등이 두터운 책자에 빼곡히 적혀 있었다.

호교무장전에 나가 써먹으려면 그 중 한두 개 정도는 익혀야 하는 터, 사도무영은 두 가지의 도법 중 아수라구도식만 제대로 익힐 생각을 했다.

감평악이 자신의 주 무공을 도로 알고 있는 이상 그게 편할 것 같았다.

아수라구도식을 만든 사람이 아수라광마라는 것도 조금은 이유가 되었고.

도대체 어떤 작자인지 정도는 알 수 있을 테니까.

나머지는 그에게 별 도움이 되지 않았다.

검은 천화검이 있고, 수법이나 신법도 회천도문의 무공이 수라종파의 무공보다 훨씬 뛰어났다. 그러니 그 무공들은 시늉을 낼 정도만 익혀도 될 것 같았다.

2.

장안으로 갈 사람은 스물네 명으로 결정되었다.

사도관과 나민, 광효, 단학과 그의 수하 둘, 섭장천과 그의 수하 열둘, 그리고 청운표국에선 이원적, 강후, 여정환, 상명승, 문인수영이 나섰다.

실력이 많이 뒤떨어짐에도 청운표국 사람들이 따라가는 것은 연락과 정보 수집을 맡을 사람이 필요하기 때문이었다. 게다가 몇 년 동안 특지표사로 지내온 사람들이기에 지리에도 밝았다.

물론 그쪽 계통이라면 단학이 그 누구보다 전문가였지만, 그는 자신을 드러내지 않았다.

'미쳤나? 내가 뭐 하러 발바닥에 땀나도록 뛰어다녀?'

일행은 일단 대별산 남단을 종횡해서 무창까지 가기로 했다.

물론 하남성을 통해 가는 길도 있었다. 하지만 사도관과 단학이 동시에 고개를 저었다.

"하남보다 호북으로 가는 게 빠를 거요."

"호북에서 요즘 수상한 일이 벌어지고 있다는데, 겸사겸사 그 일도 알아볼 겸 그쪽으로 갑시다."

광효는 수상한 일이 벌어지고 있다는 말에 대찬성이었고, 섭장천은 호북이 하남보다 친근해서 찬성했다.

또한 육로로 갈 것 없이 배를 타고 가도 되었는데, 그 의견에도 단학이 고개를 저었다.

"배를 타고 가면 시간이 배 이상 걸립니다. 시간은 한 번 지나가면 다시 돌아오지 않는 법, 헛되이 낭비하지 말고 육로로 갑시다."
 단학이 제법 심오한 어조로 말하자, 사도관은 꿀 먹은 벙어리처럼 멍하니 쳐다보았다.
 단학이 저런 심오한 말을! 그런 표정을 지은 채.
 다른 사람들도 감탄한 표정으로 고개를 끄덕였다.
 단학의 본심이야 어쨌든 옳은 말인 것만큼은 분명했으니까.
 '후우, 다행이군, 배를 오래 타면 멀미나는데……'

 그렇게 사도관 일행이 청운표국을 나선 지 한 시진이 지날 무렵, 안경에서 서쪽으로 백 리 정도 떨어진 회녕의 한 객잔에 그들의 출발소식이 전해졌다.
 "놈들이 표국을 나섰습니다. 모두 스물네 명이온데, 아무래도 먼 길을 가려는 것 같습니다."
 중년인은 입술을 축이던 찻잔을 내려놓고 담담히 물었다.
 "어느 쪽으로 움직이고 있느냐?"
 "중간에 방향을 바꾸지만 않는다면, 한 시진 이내에 이 근처를 지나갈 것입니다."
 수하의 보고에 중년인의 눈빛이 싸늘하게 번뜩였다.
 "잘됐군. 쫓아갈 필요도 없이 품안으로 달려오다니. 지금 누가 그들을 감시하고 있지?"
 "칠검과 구검이 오십 장의 거리를 두고 놈들을 감시하는 중입니다."

 중년인은 다시 찻잔을 들었다.

 회녕으로 오고 있다는 것은 그들이 서쪽으로 간다는 말이었다.

 기다리는 입장, 서두를 필요가 없었다.

 '완벽한 기회를 잡아야 해. 아무도 없는 곳에서 단숨에 처리하고 모든 것을 지워야 한다. 본가의 영광을 위해서.'

 사도관 일행은 회녕에서 점심을 먹고 곧장 서쪽으로 이동했다.

 '어떤 새끼들이지?'

 단학은 안경을 출발한 지 얼마 되지 않았을 때부터 누군가가 자신들을 감시하고 있다는 걸 느끼고 있었다.

 남들보다 예리한 감각을 지닌 그이기에 가능한 일이었다. 굳이 다르게 표현한다면, 신경이 날카롭다는 반증이었고.

 감시자는 두 명이었다. 실력은 제법인 것 같은데, 추적기술만큼은 자신의 발끝도 못 따라올 만큼 형편없었다.

 그들은 회녕에서도 자신들을 주시했다.

 '멍청한 놈들! 그렇게 일정한 거리를 두고 따라오면 당연히 들키지!'

 한 수 가르쳐 주고 싶었다. 하지만 갈 길이 바쁘니 그냥 놔두기로 했다.

언젠가는 다른 놈들도 나타나겠지.

심심해서 쫓아오는 것은 아닐 터였다. 일행이 더 있을 것이 분명했다.

물론 어떤 놈들인지 짐작 가는 바가 없지는 않았다. 놈들의 목적도.

'킬킬, 대공은 아직 모르나 보군.'

은근히 기분이 좋았다. 사도관뿐만이 아니라, 광효나 섭장천도 추적당하고 있다는 걸 모르는 듯했다.

추적자를 자신만 알고 있다니. 얼마나 즐거운 일인가 말이다.

'알려줄까, 말까? 그냥 깜짝 놀라게 놔둘까? 적이 공격하기 직전에 알려줘도 되겠지? 전보다 열 배나 강해졌다고 했는데 뭐. 흐흐흐흐.'

그때 사도관이 슬쩍 고개를 돌리더니 전음으로 말했다.

『단형, 느끼지 못했소? 놈들이 우리를 제거하려고 작정했나 보오. 조심하구려.』

왠지 '그것도 모르고 있었소? 걱정되는군.' 그런 투로 들렸다.

'나도 알고 있어, 이 양반아!'

단학은 은근히 속이 끓었다. 이제 와서 추적자가 있다고 이야기해 봐야 뒷북만 친 셈이 될 것이 아닌가 말이다.

빌어먹을! 열 배 강해졌다는 게 사실인가?

3.

 사도관 일행이 계곡으로 접어든 것은 회녕을 떠난 지 두 시진 가량 지났을 때였다.
 중년인, 동방각은 저 멀리 계곡으로 접어드는 사도관 일행을 무심한 눈으로 쳐다보았다.
 스물넷.
 적은 인원은 아니었다. 그러나 걱정될 정도로 많은 인원도 아니었다. 그 중 조심해야할 자들은 서너 명뿐.
 반면 자신이 데려온 사람은 모두 서른 명이었다. 산장의 정예인 추룡검사 스물, 비룡검사 일곱에 백룡검사검사 셋.
 스물넷 정도는 충분했다.
 '사람들은 본가의 힘을 모른다. 총회 역시. 얼마 지나지 않으면 알게 되겠지만.'
 그는 자신했다. 그가 데려온 자들은 그만큼 강했다.
 하지만 그는 사도관과 광효에 대해서 너무 몰랐다.

 "아미타불, 쥐새끼들이 다가오는군."
 광효가 불호를 외며 말했다.
 사람들이 어이없다는 듯 광효를 힐끔거렸다.
 불호를 외면서 쥐새끼가 뭐야, 쥐새끼가. 불호를 외지 말든지.

"더 끌고 갈 것 없이 여기서 부처님께 보내버리는 게 나을 것 같다."

승려가 되어가지고 사람 죽이는 걸 저리 쉽게 말하다니.

하지만 사도관은 전혀 신경 쓰지 않았다. 이미 그런 사람이라는 걸 아니까. 대신 나민의 안전만 신경 썼다.

"당신은 앞으로 나서지 말고, 뒤에서 구경하다가 표국 사람들이 위험해지면 그들을 도와주시구려."

"예, 상공."

단학이 그런 두 사람을 째려보았다.

이영영이 저 모습을 봤다면 어떤 반응을 보였을까?

'길길이 날뛰면서 둘 다 죽이려고 하겠지?'

불쌍한 여자. 그러게 적당히 좀 하지.

단학은 묘하게 이영영이 안쓰럽게 느껴졌다.

그때였다. 사방에서 까마귀들이 소리 없는 날갯짓을 하며 날아올랐다. 마침내 동방각의 명이 떨어진 것이다.

기다렸다는 듯 사도관이 스릉, 검을 뽑아 들었다.

'음하하하! 좋아, 어디 한 번 쥐새끼들의 실력 좀 볼까?'

퍼벅!

광효의 두 손이 원을 그리며 휘돌 때마다 추룡검사들이 추풍낙엽처럼 날아갔다.

쩌쩡! 쾅!

사도관의 검이 대기를 가를 때마다 백룡의 검이 힘없이 튕겨졌다. 그는 삼 초 만에 비룡검사 둘을 쓰러뜨리고, 백룡검사를 궁지로 몰아넣었다.
 섭장천도 어렵지 않게 백룡검사를 상대했다. 당장 승부가 날 것 같진 않지만, 초수를 더해 갈수록 실력격차가 점점 더 확연해졌다.
 동방각은 예상치 못했던 광경에 눈을 부릅떴다.
 순식간에 칠팔 명이 쓰러졌다. 그 중 서너 명은 죽은 듯했다. 개중에는 추룡검사도 있었고, 비룡검사도 있었다.
 가문에서 날고 긴다는 검수들이 형편없이 밀리는 상황. 심지어 백룡검사마저 상황이 좋지 않았다.
 동방각은 상황을 그렇게 만든 자들을 노려보았다.
 광기가 번들거리는 미친 땡중, 조금 덜떨어진 것처럼 보이는 중년인, 그리고 섭장천.
 대부분이 그들에게 당했고, 지금도 밀리고 있었다.
 눈이 실처럼 가느다랗고 입이 통통하게 생긴 묘한 인상의 중년인도 강하긴 했지만, 그 세 사람보다는 아래였다.
 '대체 저들이 누군데……!'
 섭장천의 강함이야 어느 정도 알고 있던 터였다. 다른 자들도 제법 강할 것 같다는 느낌을 받긴 했었다.
 하지만 그뿐이었다.
 '백룡검사면 충분하겠지.' 그렇게 생각했다.

그러나 막상 결전이 벌어지자 숨이 막혔다. 계곡 전체가 그들 몇 사람의 기운으로 뒤덮인 느낌이었다.

특히 눈에서 광기를 번들거리는 광승의 장력 위력은 가히 공포였다.

멋모르고 달려들다 그의 장력에 휘말린 추룡검사들이 제대로 대항조차 못해 보고 칠공에서 피를 뿜어내며 죽어가고 있었다.

가문의 자랑이라는 비룡검사와 백룡검사도 상황이 크게 다르지 않았다. 광승의 장력이 밀려들 때마다 그들은 이를 악물고 겨우 막아냈다.

그러나 그것도 한 번뿐이었다. 장력이 두 번 세 번 반복되자, 백룡검사도 해쓱하니 질린 얼굴로 물러서기에 바빴다.

하지만 광승의 손에는 자비가 없었다. 그는 상대가 물러선다고 해서 멈추지 않았다. 오히려 눈에서 광기를 뿜어내며 그림자처럼 따라가 가공할 장력을 퍼부었다.

콰광!

"크억!"

비룡검사는 광승의 장력에 이 장이나 튕겨져서 다시는 일어나지 못했다. 그리고 그사이, 평범해 보이는 중년인의 검이 백룡검사의 이마에 구멍을 냈다.

순식간에 비룡검사 넷과 백룡검사 한 사람이 쓰러지고, 추룡검사 열 명이 죽임을 당했다. 전력의 반이 잠깐 사이에 쓰러진 것이다.
 하지만 그것이 끝이 아니라는 게 더 문제였다.
 "용검회의 어리석은 중생들은 지옥에 가서 참회하라!"
 광승의 두 손에서 또다시 광풍이 불었다.
 절망한 표정으로 물러나던 비룡검사가 비명도 지르지 못한 채 튕겨지고, 다른 사람들의 얼굴에도 서서히 공포가 떠오르기 시작했다.
 그 모든 게 자신의 잘못된 판단 때문에 벌어진 일이었다.
 '나를 용서하라, 형제들이여!'
 땅을 박찬 동방각은 검과 하나가 되어 광효를 향해 날아갔다.
 "미친 땡중! 내 검을 받아봐라!"
 광효는, 검신합일한 채 날아드는 동방각을 불길이 이는 눈으로 쳐다보았다.
 검첨에서 뻗어 나온 석 자 길이의 검강.
 절정의 경지를 넘어서서 초절정의 경지에 들어선 고수라는 말이었다.
 "아, 미, 타, 불!"
 그의 입에서 불호가 폭음처럼 터져 나왔다.
 동시에 쌍장을 가위처럼 엇갈리는가 싶더니, 곧장 동방각을 향해 뻗었다.
 콰아아아아!

고막을 먹먹하게 하는 압력과 함께 해일처럼 거대한 벽이 동방각의 앞을 가로막았다.
 수백 개의 손 그림자로 이루어진 거대한 벽.
 눈앞이 캄캄해진 동방각은 전 공력을 검에 쏟아 부었다.
 그는 직감적으로 두 번의 기회가 없음을 깨달았다.
 단 한 번의 기회!
 어차피 실패하면 죽음뿐인 길이었다. 후회는 없었다.
 '동방가를 위하여!'
 일순간, 시퍼런 검강이 청룡으로 변하더니, 광효를 향해 포효하며 달려들었다.

 한편, 사도관은 검 끝으로 백룡검사의 미간을 가리켰다.
 "과거였다면 내가 죽었을 거야. 하지만 나는 부인을 잘 만나서 살고, 그대는 주인을 잘못 만나 죽게 되는군."
 백룡검사의 얼굴은 이미 회색빛으로 변해 있었다.
 그는 눈앞을 가득 메운 검첨을 보며 아연한 목소리로 말했다.
 "대체…… 이게 무슨 검……."
 사도관은 씩 웃으며 전음으로 말해주었다. 죽기 전에 소원을 들어주면 사람을 죽인 살생의 업이 조금 덜어질지도 모르니까.
 『천화문의 대천화 제1식, 일검만화(一劍萬化).』

백룡검사의 눈이 한껏 커지더니 눈빛이 파르르 떨렸다.

천화문은 용검회와 함께 천하를 검 하나로 독보(獨步)한 문파다. 용검회의 백룡검사로서 어찌 그 이름의 크기를 모를까.

"역시 그랬…… 영광……."

그걸 끝으로 백룡검사는 눈빛이 흐트러지며 앞으로 거꾸러졌다. 사도관의 검에서 뻗친 무형검기가 그의 뇌 속을 관통한 것이다.

"그래도 보는 눈은 있군."

사도관은 흐뭇한 웃음을 지으며 다음 상대를 찾아 몸을 돌렸다.

저만치 단학이 보였다. 그는 백룡검사 하나와 드잡이질을 벌이고 있었는데, 유리하긴 해도 금방 승부가 날 것 같진 않았다.

"쯔쯔쯔, 어째 예전보다 날카롭지 못한 것 같군."

그 소리를 들었는지 단학의 검에서 더욱 강력한 기운이 흘러나왔다.

광효가 있는 곳에서 가공할 기운이 일렁인 것은 바로 그때였다.

휙 고개를 돌린 사도관이 다급히 소리쳤다.

"승 형! 그를 죽이지 마십시오!"

하지만 찰나간의 차이로 광효의 천불장이 동방각을 뒤덮었다.

쾅!

 동방각의 몸뚱이가 삼 장 밖으로 날아가더니 절벽에 처박혔다.

 퍽!

 절벽에 반쯤 박힌 동방각의 입에서 허탈한 웃음이 흘러나왔다. 갈기갈기 찢긴 옆구리에서 흘러내린 핏물이 손에 들린 검을 타고 뚝뚝 떨어졌다.

 "크, 크……. 괴, 괴물들……."

 사도관이 그를 향해 신형을 날렸다.

 적의 수장으로 보이는 자였다. 살려서 취조해 보면 보다 많은 것을 알 수 있을 것이었다.

 그러나 동방각의 행동이 조금 빨랐다.

 그는 마지막 힘을 쏟아내 검을 들더니, 자신의 심장에 쑤셔 넣었다.

 검이 그의 심장을 뚫고 절벽에 깊숙이 박혔다. 파르르 몸을 떠는 그의 입에서 마지막 외침이 피분수와 함께 터져 나왔다.

 "영광을 위해……!"

 동방각의 이 장 앞에 내려선 사도관은 씁쓸한 표정으로 동방각을 쳐다보았다.

 "지독하군."

 그 즈음, 섭장천의 검이 백룡검사의 심장을 갈랐다.

겉으로는 태연했지만, 섭장천의 내심은 경악으로 요동쳤다. 일개 암습자가 자신의 이십 초를 막아내다니!

전검방에서도 그러한 고수는 다섯을 넘지 못하거늘. 놀라운 일이 아닐 수 없었다.

더구나 그러한 자가 세 명이나 되고, 그들보다 더 강한 자가 암습을 지휘하고 있다는 것은 더욱 놀라운 일이었다.

'과연 용검회!' 라는 말이 절로 나올 정도였다. 얼마나 고수가 많아서 이런 자들을 암습자로 보낸단 말인가.

하지만 그러한 놀람도 옆에서 벌어진 일에 비하면 아무것도 아니었다.

자신이 이십 초 걸려 이긴 자를 관도사는 단 몇 초 만에, 그것도 힘들이지 않고 이긴 것이다. 광효야 말할 것도 없었고.

예상했던 것보다 훨씬 강한 무위.

자신이 누구에게도 내보이지 않은 힘을 다 드러내면 평수는 이루지 않을까 했거늘, 이제는 자신이 없었다.

'세상은 역시 넓구나. 악양을 떠나오길 잘했어.'

그는 검을 힘주어 움켜쥐고 자신의 수하들이 상대하고 있는 자들을 처리하기 위해 몸을 돌렸다.

'언젠가는 저들을 넘어설 때가 있겠지. 나는 아직 젊으니까.'

그때 생각지도 못한 일이 벌어졌다.

살아남은 백룡검사와 비룡검사, 추룡검사 아홉 명이 하늘을 보며 처연하게 외쳤다.

"영광을 위하여!"

그러고는 검을 들어 스스로 목숨을 끊었다.

단학에게 밀리고 있던 백룡검사도 마찬가지였다.

그는 동방각이 자결하자, 뒤로 훌쩍 물러나서 단학을 보며 씩 웃었다. 그리고 다른 자들처럼 소리치면서 자신의 심장에 검을 꽂았다.

단학은 상대의 갑작스런 자결에 가느다란 눈을 조금 크게 떴다. 자세히 보면 눈동자가 보일 정도로.

"우리 계통에 있는 애들만큼이나 지독한 놈들이군."

사도관도 미간을 찌푸리고 짜증내듯이 말했다.

"용검회가 언제부터 자객들처럼 놀았지? 암습을 하지 않나, 자결을 하지 않나. 뭐 그렇게 감출 게 많다고……."

적의 암습을 미리 알고 철저히 방어했는데도 사망자가 나왔다. 전검방의 무사 중 하나가 죽은 것이다.

그리고 부상을 입은 사람은 모두 일곱이었다. 전검방의 무사 셋, 이원적과 여정환, 단학의 수하 중 삼살귀.

그나마 다행이라면, 방어에 치중해서 부상이 아주 심하지는 않다는 것이었다.

부상을 입지 않은 사람들이 일단 상황을 정리했다.

시신 정리가 대충 끝나자, 강후는 옷자락을 찢어 이원적의 어깨를 감싸주고, 상명승과 문인수영은 여정환의 상처를 돌봐

주었다. 전검방의 무사들도 동료들을 치료했고.
"괜찮소?"
사도관은 나민을 걱정스런 표정으로 쳐다보며 물었다.
"저는 괜찮아요."
"그래도 혹시 모르니 어디 봅시다."
사도관은 나민의 손목을 잡고 기의 흐름을 살펴보았다.
나민의 실력은 단학에 버금가는 정도였다. 비룡검사들은 그녀를 어찌할 수 없었다. 만약 그녀가 도와주지 않았다면, 청운표국의 표사들은 더 큰 부상을 입었을지 몰랐다.
"흠, 다행이 이상은 없구려."
만족한 사도관은 나민의 손을 놓고 힐끔 강후를 바라보았다.
'이상하네. 저 친구의 검에서 왜 본문의 검세가 보인 거지?'
비록 잠깐이었지만, 강후가 펼친 검에서 천화문의 검과 유사한 흐름을 느낀 것이다.
의문은 그만 가진 것이 아니었다. 강후도 이원적을 치료하며 고개를 갸웃거렸다.
'관 대협의 검이 왜 이렇게 친숙하게 느껴지는 거지?'
'혹시 무영이가 알려줬나?'
'맞아, 단 대협과 가까운 사이면, 사형을 잘 아실지도…….'
'나중에 조용히 물어봐야지.'
그걸 확인하다 보면 자신의 정체가 밝혀질지도 모르는 일. 급할 것은 없었다.

사도관은 일단 강후에 대한 의문을 접어놓고, 광효와 섭장천과 단학이 있는 곳으로 갔다.

"이봐, 장천. 이놈들이 왜 이렇게 우리를 죽이려고 안달하지? 옥룡주 때문이라고 하기엔 이상하지 않아?"

섭장천이 자신의 생각을 말했다.

"옥룡주가 대단한 보물이긴 하지만, 용검회가 모험을 할 정도의 보물은 아닙니다. 한데도 그들이 비밀을 지키기 위해 적극적으로 나서고 있다는 것은, 자신들에게 그 물건이 있다는 게 알려져선 안 될 어떤 이유가 있다는 말이 아니겠습니까? 그것만 알면 용검회를 압박할 수 있을지도 모르겠는데 말이지요."

사도관이 고개를 갸웃거렸다.

"옥룡주에 천하제일인이 될 수 있는 비밀이라도 있나? 왜 그리 집착하는 건지 모르겠군."

그 말이 떨어지자, 광효가 음울한 목소리로 입을 열었다.

"그럴지도 모르지. 전설이 사실이라면."

사람들의 시선이 일제히 광효를 향했다.

처음 듣는 말이었다.

옥룡주에 정말로 천하제일인이 될 수 있는 비밀이 담겨 있단 말인가?

사도관이 광효를 재촉했다.

"승 형, 어디 그 전설에 대해 이야기해 보시구려."

1.

사도무영은 수라경의 무공을 익히며 틈틈이 수라곡의 현 상황에 대해서 알아보았다.

수라곡에 사는 수라종파 교도들의 총 인원은 칠백 명이 조금 넘었다.

조직은 간단했다. 종주전 아래에 일령, 일단, 삼당, 오향. 그게 조직의 전부였다.

일령은 감평악이 맡고 있는 총령을 말했고, 일단은 수라단을 말함이었다.

그리고 삼당은 혈수라당. 청수라당. 흑수라당이라는 아주 촌티 나는 이름으로 불렸는데, 이름은 그래도 그들이 수라종파에서 가장 많은 인원을 차지하는 중심 무력이었다.
 그렇게 일령, 일단, 삼당이 순순한 전투집단이라면, 오향은 전투보다 잡일을 도맡아했고, 삼백여 명 중 여자가 팔 할이 넘었다.
 그들이라고 해서 무공을 모르진 않았다. 수라곡 내에서 무공을 익히지 않은 사람은 다섯 살 아래의 아이들뿐이었으니까.
 한데 조금 특이한 것은, 수라종파의 교도들이 사도무영에게 강한 경계심을 가지지 않는다는 점이었다.
 처음에는 조금 의아했는데, 그들의 구성원을 살피다 보니 그럴 만도 하다는 생각이 들었다.
 수라종파의 교도들은 다종족이었다. 한족이 많긴 하지만, 이족, 토가족, 장족 등 적어도 칠팔 개의 소수민족이 포함되어 있었다. 그러니 외부인이라 해도 크게 거부반응이 없는 것이다. 그저 자신들의 적이냐, 친구냐 그것이 중요할 뿐.
 또 한 가지, 수라종파의 교도들은 성격이 거칠고 냉혹했는데, 사교(邪敎)의 특성상 그런 점도 있지만, 갇혀 살다시피 하다 보니 그런 성격이 더 강해진 것 같았다.
 사도무영은 그들에 대한 것을 조금씩 알게 되자 묘한 생각이 들었다.
 새롭게 들어온 자도 있지만, 몇 대를 이곳에서 살아온 사람이 많았다.

수라종파의 법도에 따라 살다 보니 살인을 쉽게 생각하고, 냉혹하고, 악독한 행동도 죄스럽지 않게 생각하긴 해도 겉모습만큼은 평범했다. 그리고 행동도 일반 사람과 다름없었다.
'이 사람들을 허무맹랑한 교리로 이렇게 만든 놈들이 문제지, 이 사람들이 무슨 죄겠어.'

수라곡에 들어온 지 닷새째.
사도무영이 아수라구도식의 흐름에 대한 것을 연구하고 있는데 감평악이 찾아왔다.
"이제 수라단원들을 만나러 가세."
"숙소도 그리 옮기는 겁니까?"
"단주가 되는데 당연히 그래야지. 가져갈 것 있으면 짐 싸게."
가져갈 것이라고는 도와 두 권의 책, 그리고 수라곡에 들어와서 받은 옷 한 벌뿐이었다. 차마 감평악 앞에서 아수라무광일도단천식을 놓고 갈 수는 없어서, 그 책도 수라경과 함께 옷가지에 쌌다.
그렇게 대충 짐을 챙긴 그는 감평악을 따라 협곡에서 가장 끝에 있는 전각으로 향했다.
너무 외져서 건물이 있는 줄도 몰랐는데, 칼날처럼 생긴 암봉을 돌아가자 낡은 건물이 보였다.
당장 무너져도 하등 이상할 것이 없는 낡은 이층 건물. 그곳이 수라단의 거처로, 일명 광마각(狂魔閣)이었다.

광마각이 보이자 사도무영이 물었다.

"왜 수라단은 저렇게 외진 곳에 있는 겁니까?"

"골치 아픈 놈들이어서 조금 멀리 떼어놨네."

"어느 정돈데 총령께서 그리 생각하시는 겁니까?"

"사실 실력은 본교의 무사들 중 최상급이라 할 수 있지. 그런데 성격들이 다 제각각이어서 다스리기가 쉽지 않다네. 특히 적도광이란 놈은 본교에서도 열 손가락 안에 드는 고수라네."

그런 놈들을 왜 나에게 맡기는 거요?

"자네라면 잘 다스릴 수 있을 거야."

힘이 약해서 시달리다 죽으면 그만이라 생각했겠지?

사도무영이 그렇게 생각하며 슬쩍 쳐다보았다. 하지만 감평악은 앞만 바라보며 나직이 말했다.

"좌우간 무슨 수를 써서라도 놈들만 완전히 휘어잡게. 그러면…… 내가 자네의 어떤 부탁이라도 들어주겠네."

나직하지만 힘이 실린 목소리였다. 뭔가 은밀함이 깃든 목소리.

그의 말을 들으며 사도무영의 눈빛도 깊어졌다.

'그만큼 절실한 어떤 사정이 있단 거겠지.'

이층으로 된 광마각은 얼마나 오래 되었는지 금방이라도 무너질 것 같았다.
 그래도 감평악은 걱정이 없는 듯했다.
 "아수라광마께서 지으셨는데, 지은 지 이백 년이 넘었지. 지금까지 안 무너졌으니 당분간은 괜찮을 거네."
 '아수라광마라……'
 사도무영은 속으로 그 이름을 되뇌며 기둥을 잡고 흔들어보았다.
 드드드드……. 우수수수…….
 지붕과 천장에서 잡다한 가루들이 떨어지긴 하지만, 당장 무너질 것 같지는 않았다.
 "누구냐?"
 "어떤 찢어죽일 놈의 개새끼가 집을 부수는 거냐!"
 "잡아!"
 안쪽에서 대여섯 명이 우르르 뛰어나왔다. 서너 명은 문을 열고 나왔고, 두어 명은 창문에서 솟구쳤다.
 그들은 살광을 번뜩이며 감평악과 사도무영을 노려보았다.
 "총령께서 우리집을 부수려고 하셨습니까?"
 "총령이면 답니까?"
 "새집을 지어줄 거 아니면 참으시죠."
 감평악도 싸늘한 눈으로 그들을 마주 노려보았다. 그리고 사도무영을 대할 때와는 완전히 다른 태도로 그들을 대했다.
 "건방진 놈들, 어디서 감히 총령에게 대드는 거냐! 내가 안

했어, 이 새끼들아!"
 그들은 조금도 놀라지 않았다. 이판사판 겁날 거 없다는 표정들이었다.
 "총령쯤 되시면 변명도 그럴 듯하게 하시죠. 그럼 누가 이곳에 와서 남의 집을 부수려 한단 말입니까?"
 "죽고 싶으면 뭔 짓을 못해?"
 "저 새낀 또 뭐야? 어디서 수라마체 하나 더 만들었나? 처음 보는 놈인데?"
 감평악의 얼굴이 머리에 쓴 붉은 도관과 비슷하게 붉어졌다.
 "보자보자 하니까, 이놈의 자식들이 정말……."
 사도무영이 재빨리 나섰다.
 "아아, 총령께서 참으시죠. 저런 자들을 총령께서 직접 상대하시면 위신만 떨어지십니다."
 감평악은 숨을 몰아쉬고 사도무영을 바라보았다.
 "보다시피 저런 놈들이네. 마음 같아서는 당장 때려죽이고 싶은데, 종주께서 허락을 안 하시는군."
 "이제 저에게 맡기기로 하셨으니 걱정 마시고 가보십시오. 제가 처리하죠."
 "괜찮겠나?"
 사도무영은 손가락을 우두둑 꺾으며 씩 웃었다.
 "최선을 다해 보죠. 어차피 결국은 성질 더러운 놈이 이기지 않겠습니까?"

"힘, 그럼 나는 자네만 믿고 그만 가보겠네."

감평악은 '앞으로 벌어지는 일은 모두 네 책임이다.'는 투로 말하고는 수라단원들을 향해 고개를 돌렸다.

"이 사람은 새롭게 임명된 수라단주다. 명을 어기면 본교의 법대로 처리할 것이니, 명심하고 충심을 다해 따르도록 하라."

그는 마음에 조금도 없는 소리를 하고 곧바로 몸을 돌렸다. 그리고 사도무영을 향해 고개를 한 번 끄덕여주고는 그 자리를 떠났다.

고생 좀 해. 살아서 보자.

꼭 그렇게 말하고 싶은데 억지로 참는 듯한 표정이었다.

사도무영은 감평악이 칼날처럼 생긴 암봉을 돌아간 후에야 수라단의 단원들을 둘러보았다.

수라단은 모두 열여덟 명이라고 했는데, 밖에 나와 있는 사람은 모두 여섯뿐이었다.

나머지 열둘 중 여섯은 건물 안에서 오랜만에 재미있는 일이 생겼다는 표정으로 사도무영을 바라보고 있고, 여섯은 아예 코빼기도 보이지 않았다.

사도무영이 먼저 반갑다는 듯 인사를 건넸다.

"나는 사영이라 하오."

감평악에게 유난히 대들었던 자가 피식 웃었다. 기다란 상처가 얼굴에 십자 형태로 나 있는 자였는데, 입술까지 갈라진 바람에 웃으니 입술이 묘하게 비틀렸다.
"살이 야들야들하게 생긴 걸 보니 구워 먹으면 맛있겠군."
옆에 있던 자가 맞장구를 쳐주었다.
"낄낄낄, 그 전에 재미 좀 보면 안 될까?"
"깔깔깔깔, 교상, 너는 내가 먼저 가지고 논 다음이야."
건물 이층의 창틀에 어깨를 기대고 있던 여인이 깔깔거리며 우선권을 주장했다.
여기저기서 음침한 웃음소리가 흘러나왔다. 장난감이라도 굴러들어온 기분인 듯했다.
사도무영은 빙그레 웃었다.
지금쯤이면 감평악도 자신의 거처에 거의 도착했을 것이다. 다른 사람들이야 이곳에서 무슨 일이 벌어지든 신경 쓰지 않을 테고.
"뭐 인사는 했고……. 이제 본격적으로 일을 시작할 때가 된 것 같군."
교상이라 불렸던 자가 눈을 가늘게 뜨고 앞으로 나서더니 말했다.
"무슨 일부터 하시려고 그러시나, 단주? 일단 옷부터 벗고 하면 안 될까? 저기 위에서 미고가 보자는데."
사도무영은 그가 일 장 앞까지 다가오자 씩 웃으며 주먹을 뻗었다.

쾅!

"크억!"

교상의 몸이 허공을 날았다.

수라단원들의 표정이 살짝 바뀌었다.

"저 멍청한 자식. 그렇게 가까이 가면 어떡해?"

"총령이 데려왔을 때는 한 수 있다는 것 정도는 알았어야지. 저런 놈은 죽어도 싸."

사도무영은 주먹을 만지작거리며 그들을 둘러보았다.

"맞으면 조금 아플 거야. 그래도 죽이지는 않을 테니까, 걱정들 마."

그의 말이 끝나기도 전에 한 사람이 달려들었다.

"켈! 나도 네놈을 죽이지는 않으마!"

떠덩, 쾅!

하지만 그 역시 교상보다 나을 게 조금도 없었다.

털썩!

뒤로 날아간 그가 교상 옆에 떨어지자, 이번에는 두 사람이 함께 손을 썼다.

"팔다리 하나 정도는 잘라도 뭐라고 안 하겠지?"

"자르진 말고 부러뜨리기만 해!"

"주둥이들만 살았군."

사도무영은 두 사람 사이로 뛰어들며 주먹을 휘둘렀다.

회륜천강권의 권세에 휘말린 두 사람은 제대로 된 공격도 못해 보고 안색이 흙빛으로 바뀌었다.
"이 자식이 어디서 사술을……."
"비, 빌어먹을……."
콰광!
삼 초가 지나기도 전에 두 사람의 몸뚱이가 구겨졌다.
사도무영은 그들을 멀리 쳐내지 않고 몇 대 더 후려쳤다.
퍼버벅!
"크억!"
"켁!"
안 되겠다 생각했는지, 보고 있던 두 사람이 함께 달려들었다.
"저 새끼가!"
"일단 때려눕히고 보자! 사정 봐주지 마!"
사도무영은 그들을 반갑게 맞이했다. 그는 간만에 땀 좀 흘릴 생각을 하고 달려드는 자들을 자근자근 두들겨 팼다.
얼굴에 십자 상처가 있는 자가 그나마 그들 중 가장 강했다. 하지만 그 역시 오 초를 견디지 못하고 입에 거품을 물었다.
결국 건물 안에 있던 자들까지 달려 나왔다.
"보통 놈이 아니다! 무기를 써!"
"깔깔깔, 이거 진짜 재미있게 돌아가는데?"
사도무영은 그들에게 재미를 만끽하게 해주었다.
그의 신형이 환영처럼 흐릿해질 때마다 둔탁한 소리와 함께 수라단원들의 몸뚱이가 뒤로 튕겨졌다.

여자라고 해서 봐주지도 않았다. 주먹에 실린 힘도 남자를 때릴 때와 똑같았다.

한데 의외였다. 어지간한 고수도 맞으면 한동안 움직이지 못할 정도의 위력이 있는 주먹이었다. 그런데도 수라단원들은 쓰러졌다가도 얼마가 지나면 몸을 일으키는 것이 아닌가.

수라마체만은 못하지만, 일반 사람과는 비교할 수 없을 정도로 몸뚱이가 단단하다는 말이었다.

'오호라! 너희들도 뭔가 수작을 부린 몸이다, 그 말이지?'

수라마단을 복용한 사실을 의식하고 사성의 공력만 썼다. 그 정도만으로도 이전의 오성 공력과 맞먹었으니까. 그런데 그 정도 충격은 견딜만한지 쉽게 굴복하지 않는다.

비록 그에게 형편없이 밀리긴 하지만, 강호에 나가면 능히 고수 소리를 들을 수 있는 자들이다.

확실하게 누르지 못하면 튀어나올 자들. 아예 튀어나오지 못하게 부러뜨리든가, 아니면 철저히 구부려 놔야 나중이 편할 터였다.

그렇게 생각한 사도무영은 사성의 공력을 오성까지 끌어올렸다.

"어디 좀 더 신나게 놀아볼까?"

우우웅!

그의 주먹에서 바람소리가 일었다.

그 소리에 수라단원들의 안색이 시커멓게 변했다. 하지만 그 와중에도 입은 쉬지 않았다.

"조, 조심해!"

"음흉한 새끼! 실력을 꿍쳐놓았잖아?"

"씨발, 오냐! 너 죽고 나 죽자!"

싸움을 시작한 지 일각.

사도무영은 열두 명의 수라단원을 고기 다지듯이 철저히 두들겼다.

그렇게 얼마가 더 지나자, 건물 밖에 있는 수라단원 열두 명 중 서 있는 자는 아무도 없었다. 바닥을 기는 자가 일곱이고, 다섯은 아예 정신을 잃은 상태였다.

"아이고……."

"끄응, 개, 개…… 자, 자…….."

"아직 입이 살아있는 것 같군. 아무래도 몇 대 더 맞고 대화를 해야 할 것 같아."

"……."

엉금엉금 바닥을 기던 자들이 입을 다물었다. 그래도 눈빛만큼은 당장 달려들어서 물어뜯을 것처럼 번들거렸다.

건물 안쪽에서 목소리가 들린 것은 그때였다.

"놀라운 일이군. 이번에는 총령이 제대로 골라서 보낸 것 같은데?"

사도무영은 전각 문 안쪽을 바라보았다.

어둠침침한 곳에서 다섯 명이 걸어 나오고 있었다.

말을 한 자는 그 중 가운데 있는 자였다. 한족은 아닌 듯 얼굴이 약간 검었고, 마른 몸에 키가 컸다.

부러진 칼처럼 쭉 찢어진 눈매 때문인지, 인상도 잘 벼려진 칼날처럼 느껴졌다.

나이는 서른 초반쯤? 아무리 많아도 중반은 안 넘을 듯했다.

'저자가 적도광인가?'

지금껏 싸운 자들의 무위는 양류한이나 장막심에 비해 약간 딸리는 정도였다.

하지만 저 안에 있는 자, 적도광만은 양류한이나 장막심보다 적어도 한 수는 더 강하게 느껴졌다.

'그런데 한 명은 어디 있지?'

열여덟이라 했으니 한 사람이 더 있어야 했다.

만일 저자가 적도광이 아니라면 일이 복잡해질지 몰랐다. 그만큼 강하다는 말이니까.

사도무영은 일단 상대의 정체부터 파악해 보았다.

"당신이 적도광이오?"

"맞다. 내가 적도광이다."

'다행이군.'

내심 안도한 사도무영은 턱을 쳐들고 물었다.

"내가 단주가 되는 것에 불만이라도 있소?"
"어차피 힘이 말해줄 일. 강하기만 하다면 누가 되든 상관없다."
"거, 처음으로 마음에 드는 말을 하시는군."
"저들을 꺾었다고 우쭐해하지 마라. 나 역시 저들 정도는 이길 수 있으니까."
"당연히 그러시겠지. 자, 어떻게 하겠소? 함께 덤빌 거요, 아니면 따로따로 덤빌 거요?"
적도광이 싸늘한 한광을 흘리며 으르렁거리듯 말했다.
"나를 모욕하지 마라!"
사도무영이 무저갱처럼 깊은 눈으로 그를 바라보며 받아쳤다.
"모욕? 그 정도를 모욕이라 생각한다면, 당신은 스스로를 너무 높게 평가하는 것 같군요."
"뭐야?"
적도광의 칼날 같은 눈매가 꿈틀거리며 새파란 광기를 뿜어냈다.
사도무영은 눈썹 한 올의 동요도 보이지 않고 오른손을 들어 손가락 세 개를 폈다.
"삼 초 안에 당신을 이기지 못한다면, 수라단주의 자리를 포기하지."
"정녕 미친놈이로구나!"

분노의 칼날에 이성의 끈이 끊어진 적도광은 바닥을 박차고 삼 장의 거리를 단숨에 좁혔다.

붉게 변한 그의 두 손이 사도무영의 가슴으로 떨어졌다.

혈라십이수 중 쾌의 정수인 비혈단흔(飛血斷痕)!

누가 봐도 당장 가슴에 구멍이 뚫릴 것처럼 빛살과 같이 빨랐다.

하지만 사도무영은 날아드는 적도광을 무심한 눈으로 바라보며 천천히 좌수를 들어올렸다. 너무 느려 심장이 부서진 다음에야 가슴에 도착할 것 같은 광경이었다.

쾅!

마침내 적도광의 일수가 사도무영의 가슴에 꽂히면서 굉음이 터져 나왔다. 하지만 워낙 빨리 일어난 일이라 그렇게 보였을 뿐, 현실은 그와 달랐다.

"헛! 저럴 수가!"

회심의 미소를 짓던 수라단원들이 헛바람을 집어삼켰다.

공격한 것은 적도광인데, 뒤로 튕겨진 사람도 적도광이 아닌가 말이다.

그뿐이 아니었다. 적도광을 튕겨내고 그림자처럼 따라가며 쌍수를 휘두른 건 사도무영이다.

언뜻 보면 혈라십이수 같기도 하고, 어떻게 보면 전혀 다른 수법처럼 보이기도 했다.

우르릉!

사도무영의 손짓을 따라 뇌음이 일며 폭풍이 일어났다.
투로는 혈라십이수였지만, 내면에는 풍뢰수가 숨어 있었던 것이다.
적도광은 숨이 턱 막히는 충격에 이를 악물었다.
분명 상대의 가슴을 쳤다 싶었는데, 온몸에 거대한 충격이 전해졌다. 아무 생각 없이 달리다가 철벽에 부딪친 것처럼.
하지만 그는 다른 생각을 할 겨를이 없었다.
눈앞에 커다란 손이 덮쳐오고 있었다. 보는 것만으로도 눈알이 파열될 것처럼 가공할 기운이 서려 있는 손이었다.
한데 괴이했다. 분명 자신이 아는 혈라십이수의 투로인데 피하고 싶어도 피할 곳이 없다.
어디로 피하든 머리가 터져나갈 것 같은 기분.
그렇다면 방법은 하나뿐이다. 정면으로 부딪치는 수밖에!
쩡!
적도광은 바닥에 내려서며 번개처럼 검을 뽑아들고 혼신을 다해 수라귀천검을 펼쳤다.
새하얀 검기가 그의 손짓을 따라 휘돌더니, 찰나의 순간에 검강이 쭉 뻗어 나왔다.
순간, 혈라수의 껍질을 뒤집어쓴 풍뢰수와 적도광의 검강이 정면으로 부딪쳤다.
콰앙!
또다시 굉음이 터져 나왔다.

동시에 적도광의 두 발이 바닥을 고랑처럼 파며 일 장 가량 죽 밀려났다.
사도무영은 그 자리에 우뚝 선 채, 우수 검지를 쭉 뻗어서 적도광의 이마를 가리켰다.
찰나였다.
번쩍!
휘황한 빛 한 줄기가 검지 끝에서 작렬했다.
그 빛은 오직 사도무영과 적도광만이 제대로 볼 수 있었다. 다른 사람들은 그저 눈앞에 아른거리는 잔광만 볼 수 있을 뿐이었다.
그 직후, 갑자기 사위가 조용해졌다.
수라단원들은 침 삼키는 것도 잊고 적도광을 바라보았다.
휘이잉!
한 줄기 차가운 바람이 광마각을 쓸고 지나간 뒤에야, 사도무영이 손을 내리고 입을 열었다.
"선택은 당신이 하쇼. 인정하지 않겠다면, 나도 따지지 않을 테니까."
적도광의 눈빛이 폭풍을 만난 안개처럼 출렁였다.
"그 말, 정말인가?"
"나는 성질이 외골수라서 한 번 한 말을 바꾸지 않소."
옆에서 수라단원들이 속삭이듯이 말했다.
"대형, 그 새끼 어서 꺼지라고 하쇼."

"빨리 쫓아내라니까."

"아, 씨발, 뭐 한데. 설마 저 새끼 밑으로 기어들어가겠다고 하지는 않겠지?"

"에이, 설마 그러겠냐. 대형이 어떤 분인데 저런 놈에게 고개를 숙여……."

큰 소리로 말하는 사람은 없었다. 다들 왕파리가 왱왱거리며 돌아다니는 것 정도의 작은 소리로 웅얼거리기만 했다.

물론 그 소리가 사도무영과 적도광에게는 다 들렸지만. 말한 사람들도 들으라고 한 말이었고.

그때 적도광이 자신의 의사를 표시했다.

털썩.

앞으로 쓰러지듯이 무릎을 꿇은 그가 고개를 숙이며 또박또박 말했다.

"적도광이, 수라단주를, 뵈오!"

왕파리처럼 웅얼거리던 자들은 한참 동안 움직이지 못했다.

그러다 제일 먼저, 적도광의 뒤를 따라 안에서 나온 네 사람이 무릎을 꿇었다.

"대형이 인정한 이상, 나 전구산도 무조건 따르겠소."

"저는 달종이라 합니다."

"다모랑이오, 단주."

"초관위입니다."

뒤이어 '그 새끼', '저 새끼' 하던 자들이 재빨리 무릎을 꿇고 떠들어댔다.

"청구홍이라고 불러주십쇼, 처음 볼 때부터 이럴 줄 알았다니까요."

"흐흐흐, 막도가 단주께 인사드립니다. 혹시라도 힘든 일이 있으면 저에게 맡겨주십쇼."

"호호호호, 미고예요, 단주. 혹시 밤에 외로우면 저를 부르세요."

"남자도 필요하시면 이 교상을······."

퍽!

십자 상처의 얼굴, 막도가 교상의 뒤통수를 후려갈겼다.

"이 자식아, 단주께서 너처럼 남색이나 밝히는 놈인 줄 아냐? 단주, 이 자리서 이놈 목을 쳐버릴까요?"

언제 욕했냐는 표정. 씹어댄 일이 절대 없었다는 것처럼 태연한 말투. 거기에 아부 섞인 발언까지.

이제 정식으로 단주가 되었으니, 그래야 덜 맞을 거라는 계산이 깔린 행동이었다.

'생각보다는 단순하군.'

복잡하게 머리 굴리는 것보단 단순한 게 나았다.

사도무영은 씨익 웃으며 고갯짓으로 안을 가리켰다.

"일단 들어가죠. 들어가서 좀 더 즐거운 이야기를 나눠봅시다. 저기 누워 있는 사람들도 깨우시고. 몇 번 발로 차서 안 일어나면, 그냥 목만 잘라가지고 들어오쇼."

그 말이 떨어지자마자 누워 있던 자들이 끙끙대며 일어났다.

"끄응……. 아이고 머리야."

"으음, 여기가 어디지?"

"콜록, 콜록. 숨을 쉴 수가……. 개새……. 발……. 안 치워?"

광마각의 구조는 단순했다.

일층은 다용도로 사용하는 넓은 공간이었고, 이층은 단원들의 거처였다.

안으로 들어가자 은은하게 유황 냄새가 났다. 수라곡 어딜 가도 조금씩 나긴 했는데, 건물 안으로 들어오니 더 심했다.

'역시 지하에 온천이 흐르는 모양이군.'

사도무영이 킁킁거리며 좌우를 둘러보는데, 적도광이 일층의 넓은 공간 끝에 있는 의자를 가리켰다.

넓은 공간에 의자라고는 그것 하나뿐이었다. 아마 그동안은 적도광의 자리였던 듯했다.

"저기 앉으셔서 마저 인사를 받으시죠."

사도무영이 의자에 앉자, 미처 이름을 말하지 않았던 나머지 수라단원들이 자신들의 이름을 말했다.

사도무영은 그들을 쭉 둘러보고 적도광에게 물었다.

"한 사람이 더 있는 것으로 알고 있는데, 그는 어디 있소?"

적도광은 마침내 올 것이 오고야 말았다는 표정으로 사도무영을 바라보고는 천천히 고개를 돌렸다. 그리고 한 사람을 불렀다.
 "소연아."
 그가 이름을 부르고 셋 정도 셀 시간이 지나자, 한 사람이 이층에서 내려왔다.
 사도무영은 무심코 이층으로 향하는 계단을 바라보다 눈을 크게 떴다.
 매우 어렸다. 잘 봐줘야 열다섯 정도? 그나마도 소녀였다.
 저런 여자아이가 왜 수라단에 있는 걸까?
 그 나이치고 제법 강한 무공을 지니고 있는 것처럼 보이긴 하지만, 다른 수라단원에 비하면 많이 모자랐다.
 사도무영이 의아해하며 쳐다보는데 소녀가 두 손을 모으고 고개를 숙였다.
 "적소연입니다."
 '적씨?'
 문득 이상한 생각에 고개를 돌렸다. 그러고 보니 적도광과 같은 부족인 것처럼 보였다. 거기다 성까지 같다면?
 아니나 다를까, 적도광이 암울한 목소리로 말했다.
 "제 동생입니다."
 사도무영은 눈을 크게 뜨고 물었다.
 "왜 동생을 이곳에······."

"그나마 이곳이 안전하기 때문입니다. 제가 지켜줄 수라도 있으니까요."

사도무영은 적도광의 말뜻을 알아듣고 착잡한 표정을 지었다. 여린 소녀가 늑대들 속에 던져졌으면 무슨 일이 벌어졌을지, 깊게 생각할 것도 없었다.

"총령이 순순히 허락했소?"

"자격이 없으면 안 된다고 했습니다. 그래서 제가, 다른 사람보다 강한 무공을 익혀서 두 사람의 역할을 하겠다고 했지요. 어차피 이곳에서도 동생을 지키려면, 남보다 강하지 않으면 안 되니까 말입니다."

'동생이 클 때까지 독기를 품고 무공을 익혔겠군.'

아마 남보다 두 배, 세 배 자신을 채찍질하며 무공을 익혔을 것이다. 그 덕에 수라단에서 가장 강한 사람이 되었고.

사도무영은 그래서 적도광이 더 마음에 들었다.

'괜찮은 자야.'

한데 그때, 적도광이 뜻밖의 말을 했다.

"이제 단주께 맡기겠습니다."

아무래도 말뜻이 요상하다.

"무슨…… 말이오?"

"저 아이를 부인으로 삼던, 노리개로 삼던 단주께서 원하시는 대로 하십시오."

헉! 이런!

"말도 안 되는 소리요! 왜 나에게……."
오히려 적도광이 의아해 했다.
"이곳의 여인은 조직의 우두머리에게 바쳐지는 게 당연한 일인데, 왜 그러십니까? 저 아이가 마음에 안 드십니까?"
그런 게 아니라고!
"나는 본래 이곳 사람이 아니오. 그러니 굳이……."
"수라종파에 들어오셨으니 이제 수라종파의 법도에 따르셔야지요. 제 동생이 마음에 안 들어서 그러시는 거라면……."
적도광이 이를 지그시 악물고 적소연을 쳐다보았다.
"하는 수 없지요. 다른 자들에게 노리개로 돌리느니, 제 손으로 고통 없이 보내겠습니다."
"이, 이보쇼!"
"소연아, 미안하다."
적소연은 빙그레 웃으며 고개를 저었다. 웃는 그녀의 두 눈에는 어느새 이슬이 맺혀 있었는데, 고개를 저을 때마다 아래로 흘러내렸다.
"아니에요, 오빠. 저도 오빠 생각하고 같아요. 죽어도 오빠 손에 죽겠어요."
으아! 미치겠군!
"잠깐!"
적도광이 기대감이 가득한 표정으로 사도무영을 바라보았다. 아무리 여동생의 장래를 걱정해서라지만, 자신의 손으로 죽인다는 것은 너무 가슴 아픈 일이었다.

"받아들이시겠습니까?"

"그보다 먼저 물어볼 말이 있소. 어차피 지금까지 수라단의 단원 아니었소? 그런데 왜 갑자기 나에게 바치겠다는 거며, 그게 거부당했다고 죽이려는 거요?"

"지금까지 소연이는 정식 단원이 아니었습니다. 그러니 그렇게 해야…… 정식으로 단원이 됩니다."

"정식 단원이 아니어도 계속 이곳에 있으면 되지 않소?"

"안 됩니다. 지금까지는 편법으로 제가 데리고 있었지만, 단주께서 온 이상 정식 단원이 아니면 밖으로 나가야 합니다. 아마 상부에 정식 단원이 되었다는 통보를 하지 않으면, 본교의 법에 따라 내일 소연이를 데리러 사람이 올 겁니다."

"……"

'무슨 이런 빌어먹을 법이 다 있어? 혹시 높은 놈들이 어떻게든 여자를 차지하려고 그런 엉터리 법을 만든 거 아냐?'

그럴지도 몰랐다. 이곳은 폐쇄된 곳. 얼핏 보기에도 남자가 여자보다 훨씬 많다. 더구나 저렇게 귀엽고 예쁜 소녀라면 욕심내는 놈들이 한둘이 아닐 게 분명하다.

'나쁜 놈들!'

"결정을 내려 주십시오. 단원으로 받아들이실 것인지, 아니면 거부하실 것인지."

'거부한다고 하면 죽인다고 하겠지?'

당연히 그럴 것이다.

제기랄!

"일단은…… 단원으로 받아들이겠소. 단!"

사도무영은 적도광이 딴소리하기 전에 먼저 소리쳐서 입을 막았다. 그러고는 단호한 어조로 말했다.

"당장 소연 낭자를 부인으로 맞아들인다든가, 뭐…… 어떻게 한다든가 하지는 않을 것이오. 열여덟 살이 될 때까지는."

"열여덟 살이라 하셨습니까?"

"그렇소. 그게 우리 집안의 법도요. 그것만큼은 절대! 양보할 수 없소."

사도무영의 강한 어조가 먹혀들었는지, 적도광도 더 이상은 수라종파의 법도에 대한 것을 우기지 않았다.

"알겠습니다, 단주. 그럼 그렇게 알겠습니다."

'후우, 다행이군, 설마 사부님과 화설 누이의 일을 해결하는데 이삼 년이나 걸리지는 않겠지.'

그때 적도광이 적소연의 머리를 매만지며 나직이 말했다.

"석 달만 조심하면 되니 너무 걱정 마라. 단주님 잘 모시고."

"알았어요, 오빠."

사도무영이 급히 물었다.

"잠깐! 왜 석 달이오?"

"소연이 나이가 열일곱입니다. 석 달만 있으면 열여덟이 되지요."
 '헉!'

2.

 사도무영은 적소연을 보며 한숨을 쉬었다.
 "후우, 거기 앉으시오."
 적소연이 사도무영 앞에 다소곳이 앉았다.
 '도대체 얼마나 못 먹고 컸으면 열일곱이 넘었는데도 저렇게 작단 말이야?'
 열네다섯 살이라고 해도 믿을 정도로 어려 보였다. 얼굴이 귀여워서 더 그렇게 보였다.
 그래도 나올 곳은 다 나와서, 자세히 보면 제법 여자의 향기가 풍기긴 했지만.
 반대로 삼십 초반으로 보였던 적도광은 스물여덟이라 했다.
 고생을 해서 조금 나이가 들어 보인다나?
 사도무영은 그 말에 대해서는 토를 달지 않았다. 자신 역시 마찬가지였으니까.
 '스물한 살이라고 거짓말을 했는데, 설마 내 진짜 나이를 알아보는 사람은 없겠지?'
 처음에는 거짓말을 하며 그런 걱정을 했는데, 나중에는 오히려 슬며시 화가 났다.
 세 살이나 속였는데, 모두가 당연하다는 듯이 여기는 것이 아닌가. 개중 두어 사람은 아부 섞인 발언까지 하고 말이다.

 "헤헤, 단주님, 스물한 살 치고는 중후한 인상입니다."
 "하하하, 스물다섯이라 해도 믿겠습니다."

 '그래도 어머니와 아버지는 그렇게 생각하지 않겠지?'
 솔직히 자신이 없었다. 어디서 주안과라도 얻어먹는다면 몰라도.
 '에혀, 왜 그렇게 폭삭 늙었냐고 안 하면 다행이지 뭐.'
 사도무영은 속으로 한숨을 내쉬고는 적소연을 바라보았다.
 "원래 여기서 태어났소?"
 "예, 단주님. 저…… 말씀 낮추세요. 그게 편합니다. 남들도 그래야 의심을 덜 할 테고요."
 "그게……. 뭐 편하다면 앞으로 그렇게 하지. 험, 그럼 그만 가서 쉬어라."
 수라단원들이야 자신을 스물한 살로 알고 있지만, 실제로는 기껏해야 칠 개월 차이다. 그래도 적소연이 워낙 어려 보이다 보니 반말을 해도 크게 거북하지 않았다. 그나마 다행이었다.
 "감사합니다. 그럼 소녀는 목욕하실 수 있도록 지하에 내려가서 준비해 놓을게요."
 "지하? 무슨 준비를……."

"지하에 온천수가 흘러요. 곡 내에서 온천수가 지하에 흐르는 건물은 모두 세 개인데, 이곳도 그 중 하나예요, 단주님."

따뜻한 물이 흐른다는 건 기분 좋은 일이었다. 하지만 중요한 것은 그것이 아니었다.

"그, 그건 그렇다 치고, 왜 소연 낭…… 아니 소연이가 준비를 한다는 거지?"

적소연은 당연한 걸 묻는다는 표정으로, 사도무영을 빤히 바라보며 대답했다.

"소녀가 씻겨드리려고요. 앞으로 단주님을 모시려면 당연히 해야 할 일이잖아요?"

"험, 나는 혼자서도 잘 씻을 수 있으니까, 거기까지 신경 쓰지 않아도 돼. 알았지?"

적소연의 얼굴이 울상이 되었다.

"제가 그렇게 싫으세요? 제가 단주님께 소홀히 하고 있다는 게 알려지면, 수라단에서 쫓겨날지 몰라요. 그러니 제가 모실 수 있게 허락해 주세요, 단주님."

으이구! 싫어서 그런 게 아니라고!

사도무영은 최선을 다해서 핑계거리를 찾아냈다.

"석 달이 되기 전까지는 억지로 그런 일을 하지 않아도 괜찮다는 말이야. 무슨 말인지 알지?"

그 말에 적소연의 얼굴이 조금 밝아졌다.

"단주님, 그럼 억지로 하는 게 아니라, 제가 좋아서 하는 것은 괜찮죠?"

"……."

미치겠군!

일층의 구석에 지하로 내려가는 계단이 있었다. 가죽을 덧댄 나무판을 들추자 후끈한 열기가 올라왔다.

계단은 자연 동굴의 바위를 대충 깎아서 만들어져 있었는데, 내려가며 세어보니 서른 개쯤 되었다.

바닥에 내려선 사도무영은 놀라움을 금치 못했다.

온천물은 자연적으로 움푹 파인 붉은 바위에 고여 있었다. 단순히 고여 있는 게 아니라, 조금씩 넘쳐흐르며 새로운 물이 계속 유입되었다.

사도무영은 적소연을 한곳에 내려놓았다. 그녀는 혈도가 찍혀 꼼짝도 하지 못했다.

"이러면 남들도 다 네가 일을 잘하고 있다고 믿을 거다. 됐지?"

적소연은 입도 뻥긋 하지 못하고 사도무영을 바라보았다.

씩 웃어준 사도무영은 그녀를 반대편으로 돌려놓고 옷을 모두 벗었다. 그리고 적소연이 눈알을 돌려도 자신을 볼 수 없다는 확신이 들자 발끝부터 온천물에 담가 보았다.

뜨끈뜨끈한 느낌이 기분 좋게 몸을 적셨다.

머리만 내놓고 온몸을 온천수에 담근 사도무영은 눈을 지그시 감고 이런저런 생각을 했다.

'크으, 정말 좋군. 사부님이 아시면 진짜 좋아하시겠는데.'

사부를 떠올리자 가슴이 무거워졌다.

사부님은 무사하신 걸까?

구천신교를 찾아간다고 청성산을 떠난 지 이 년이 지났다.

설령 구천신교의 총단을 찾아갔다고 해도 무사할 거라는 보장은 어디에도 없었다. 무사히 잠입했더라도 지금까지 거기에 계실지, 그것도 알 수가 없고.

모든 게 오리무중인 상태.

어쩌면 최악의 일이 벌어졌을지도 몰랐다.

그러나 그가 당장 할 수 있는 일이 아무것도 없는 이상, 답답해도 어쩔 수 없었다. 나흘 후에 구천신교의 총단에서 벌어진다는 대총회를 기다리는 수밖에.

'화설 누이를 구할 방법을 알고 있다고 하셨으니, 구천신교에 대한 것도 잘 알고 있을지 몰라. 그렇다면 위험한 행동을 하시지는 않았을 거야.'

사도무영은 사부가 무사할 거라는 생각을 계속하며 불안감을 달랬다.

그때 적소연이 있는 곳에서 부스럭거리는 소리가 들렸다.

아마 혈도가 찍혀서 답답하니 몸을 뒤틀려고 그러는 것 같았다.

'조금만 참아. 금방 나갈 테니까.'

온천수에 몸을 담그고 있으니, 그 어느 때보다 기분이 좋았다.

나른하면서도 평온한 느낌. 이 안에서 운기를 하면 공력 증진에도 도움이 될 것만 같았다.

'흠, 어디…….'

그는 회천도결을 약하게 운용하면서 온천수 안에 든 자연의 기운을 몸 안으로 받아들여 보았다.

잠시 시간이 흐르자, 정체를 알 수 없는 미세한 기운이 온천수의 따뜻한 기운에 섞여 몸 안으로 흡수되었다.

신경을 집중하지 않으며 거의 느끼지 못할 정도로 미미한 기운이었다. 그런데 그 기운이 혈류를 따라 돌자, 상쾌한 느낌이 들며 몸이 편안해졌다.

적어도 악기는 아닌 듯했다.

'호오, 나쁘지 않은데?'

바로 그때, 누군가가 머리맡으로 다가오는 게 느껴졌다.

지하에 있는 사람이라고는 자신과 적소연뿐. 느껴지는 기운으로 봐서 다가오는 사람은 적소연이었다.

'어, 어떻게 된 거지? 마혈이 풀렸나?'

잠깐 어리둥절해 하는 사이, 다가오던 인기척이 머리맡에서 느껴졌다.

사도무영은 급히 운기를 중단하고 눈을 떴다.

역시나 적소연이 바로 뒤에까지 와서 서 있었다. 옷을 다 벗고, 중요한 곳만 손으로 살짝 가린 채, 수줍은 얼굴로.

사도무영의 입이 쩍 벌어졌다.

"너……."

순간 적소연이 신기한 것을 본 것처럼 소리를 질렀다. 자신도 모르게, 가슴을 가렸던 손을 떼어 온천수를 가리키며.

"어머! 물이 이상하게 소용돌이쳐요, 단주님."

사실이 그랬다. 회천도결을 운용하자 온천수가 기해혈을 중심으로 빠르게 회전하고 있었다. 급히 멈추긴 했지만 온천수의 회전까지 멈춰지지는 않은 상태였다.

문제는, 온천수가 기해혈을 중심으로 도는데, 그 바람에 아래에 있는 것이 바짝 서 있다는 것이었다.

그리고 적소연은, 가리고 있던 손을 떼는 바람에 여문 가슴이 출렁, 튕겨 나오고.

'흡!'

사도무영의 몸이 한순간 석상처럼 굳어졌다.

그때였다. 적소연이 넘쳐흐르는 온천수에 미끄러지면서 앞으로 넘어졌다.

"어마!"

그것도 하필이면 온천수가 소용돌이치는 곳으로.

첨벙!

대충 옷을 걸친 사도무영은 머쓱한 표정으로 적소연을 바라보았다.

"어떻게 된 거지?"

적소연은 고개를 푹 숙인 채 조그마한 목소리로 대답했다.

"소녀가 이혈공(移穴功)과 해혈공(解穴功)을 익혔는데, 한 번 시험해 봤더니 다행히도 풀리지 뭐예요."

너는 다행일지 몰라도 나는 아냐!

너무 가볍게 생각하고 단순한 수법으로 제압했다. 그랬더니 막힌 혈도를 스스로 풀어버린 듯했다.

어쩌랴, 이제 와서 후회해 본들 이미 물그릇은 엎질러졌는데.

'이게 혹시 고의로 그런 거 아닐까?'

왜 하필 떨어져도 그곳으로 떨어진단 말인가.

손은 또 왜 거길 짚고!

그러나 증거가 없으니 뭐라고 야단칠 수도 없었다. 결국 자신만 속 좁은 놈이 될 테니까.

"다음부턴 그러지 마. 알았지?"

적소연이 슬쩍 고개를 들고 사도무영을 올려다봤다.

"그냥 석 달 기다릴 것 없이 지금부터 모시면 안 돼요?"

"안 돼!"

역시 고의인 게 분명한 것 같았다.

이곳이 수라곡이라는 걸 잠깐 잊은 것이 실수라면 실수였다. 저 어린 소녀가 그런 술수를 부릴 줄 누가 알았단 말인가.

그런데…… 솔직히 말해서, 그렇게 기분이 나쁘지는 않았다.

'피부가 꼭 기름칠한 것처럼 매끄럽던데……. 여자는 다 그런가?'

그날, 사도무영은 태어나서 처음으로 여자의 몸에 대한 이런저런 고민을 해보았다.

'여자가 무공을 익히면 가슴이 안 커진다고 아버지가 그랬는데…… 저애는 쪼끄만 게 가슴이 왜 저렇게 큰 거야?'

온천수 위에 떠 있던 엉덩이도 신기할 정도로 동그랗고.

사도무영은 힐끔 적소연을 바라보았다.

만약 그때 어떤 영감이 스치지만 않았어도, 그는 적소연을 피할 수 있었다. 하지만 찰나의 순간에 떠오른 어떤 광경 때문에 움직이지를 못했다.

그 바람에 적소연이 거기(?)를 짚었고, 그는 다급히 적소연을 들어 올리느라 그만 가슴에 손을 대고 말았다.

온천수 위로 둥근 엉덩이가 떠오른 건 바로 그때였다.

'엉덩이에 있는 큰 점은 사마귄가?'

제3장
지옥마갑(地獄魔匣),
이름을 얻다

1.

사도무영이 수라단주가 된 지 사흘이 지났다.

수라단도 엄연히 수라종파의 일원인데, 사흘이 지나도록 찾아오는 사람 하나 없었다. 심지어 감평악도 오지 않았다.

단원들은 광마각에 마가 끼어서 사람들이 오지 않는다고 했다.

그러나 사도무영이 보기에는, 그보다 수라곡의 사람들이 수라단원들과 마주치는 것을 꺼리는 것 같았다.

그렇지 않다면, 지나가던 사람들이 왜 광마각을 흘겨보며 재수 더럽게 없다는 표정으로 가래침을 뱉는단 말인가.

그렇게 아무도 오지 않은 사흘 동안 수라단원들은 매우 단조로운 나날을 보냈다. 전에도 단조롭긴 했지만, 사도무영이 단주로 부임한 후에는 그나마 사소한 일도 줄였다.
 어쩔 수 없었다. 하루의 반을 사도무영과의 비무로 보냈으니까.
 그 바람에 수라단원들은 식사할 때와 잠잘 때를 제외하고는, 상처를 치료하거나 운기하느라 남은 시간을 다 보냈다. 부상이 심한 사람은 누워서, 덜한 사람은 앉아서.
 그러니 다른 일을 할 시간이 거의 없었다.
 사도무영은 비무를 하는 이유를 대충 둘러댔다.
 "대총회에 가야 한다는 거 알지요? 대표 다섯 명과 함께 가는 일행에 수라단도 가기로 했습니다. 거기 가서 기죽으면 안 되니까, 힘들더라도 몸의 긴장상태를 최고조로 끌어올려 놓아야 합니다. 아시겠습니까?"
 진짜 목적이야 이 기회에 수라단을 확실하게 휘어잡는 것이었지만. 나중에 자신이 수라종파에 등을 돌려도 감히 딴 생각을 못할 만큼.
 비무는 무자비했다.
 첫날, 처절히 대응하던 자들 중 몇 명이 참지 못하고 불만을 표출했다.
 "우리가 대총회의 호교무장전에 나가는 것도 아닌데 굳이 이럴 필요까지는 없잖습니까? 설마 가학적인 취미가 있는 건 아니겠죠?"

"그러게. 단주만 열심히 하면 됐지, 왜 우리까지 생고생을 해야 하는 거냐고. 머리가 좀 멍청한 거 아냐?"

"거 적당히 좀 합시다, 단주. 쥐도 궁지에 몰리면 고양이에게 대든다는 말도 모르시나?"

그 덕에 그들은 매일 누워서 상처를 치료해야 했다. 그리고 사흘이 지난 지금은 단주의 말이 백번 옳다며 쌍수를 들어 찬성했다.

사도무영은 그 와중에 수라단원들의 무공을 확실하게 파악했다.

적도광을 제외한다면, 초관위, 전구산, 막도, 다모랑, 달종, 미고가 아주 미세한 차이로 강했고, 나머지는 그들보다 조금 떨어졌다.

'두 사람이면 절정고수도 충분히 상대할 수 있겠어.'

의자에 몸을 깊숙이 묻은 사도무영은 눈살을 찌푸리며 이마를 문질렀다.

수라단원들은 평범하게 무공을 익힌 사람들이 아니었다. 모두 그와 마찬가지로 수라마단을 복용하고 무공을 익힌 사람들이었다.

그 중 제일 적게 복용한 사람이 이 년을 복용했고, 가장 오래 복용한 사람은 칠 년을 복용한 상태였다. 심지어 적소연조차 수라마단을 복용한 지 삼 년째였다.

그들의 나이가 젊은데도 무위가 남들보다 높은 것은 수라마단의 영향이 크다고 봐야 했다.
 또한 사도무영이 생각하기에는, 수라단원들의 성격이 괴팍해진 것도 수라마단의 영향 때문인 것 같았다.
 '수라단원들의 실력으로도 대총회에서 기를 못 편다면 정말 문제가 심각한데……'
 수라단을 걱정하는 것이 아니었다.
 수라단만으로도 중소문파 정도는 뒤집어엎을 정도다. 만약 이들 만한 고수들이 백 명 정도 몰려간다면, 대문파라 해도 견디기가 힘들 것이다.
 한데 그런 정도도 구천신교 총 전력의 일부분에 불과하다.
 구천신교.
 대체 그들의 진정한 힘은 얼마나 된단 말인가?
 걱정이 아닐 수 없었다.
 '에구, 나도 모르겠다. 그런 걱정은 신교에 들어가서 사부님과 화설 누이의 일을 해결한 다음에 해야지.'
 사도무영은 의자에서 몸을 일으키고, 상체를 좌우로 틀었다.
 한쪽에 앉아 있던 적소연이 재빨리 다가왔다.
 "온천으로 내려가시게요?"
 "어? 어……. 그럴까? 수련을 하느라 땀을 좀 뺐더니, 하, 하, 하."
 사흘째. 이제는 적소연이 씻겨 주는 것에 어느 정도 익숙해져 있었다. 물속에 바지를 입고 들어가는 게 조금 거치적거려서 그렇지.

'뭐 어때? 소연이를 위해서 그러는 건데.'

남이야 믿든 말든.

'나만 떳떳하면 되는 거 아니겠어?'

그리고 그가 온천을 자주 찾는 이유는 또 한 가지가 있었는데, 그건 누구에게도 말하지 않았다.

2.

수라단주가 된 지 나흘. 대총회가 하루밖에 남지 않았을 때 감평악이 찾아왔다.

그는 수라단의 분위기가 확 바뀌었다는 걸 알고 흐뭇해했다.

"많이 좋아졌군."

"노력 좀 했죠."

"잘했네. 내가 역시 사람을 잘 봤어, 하하하하."

그거야 아직은 모를 일이고······.

"그런데 무슨 일로 오셨습니까? 대총회 때문에 오신 겁니까?"

"이런, 기분이 좋다 보니 아직 용건도 말하지 않았군."

감평악은 여전히 웃음을 띤 채, 한쪽에 앉아 있는 적소연을 힐끔거리며 잠시 입을 닫았다.

사도무영이 눈에 힘을 주고 또박또박 불렀다.

"총, 령, 주, 님!"

그제야 감평악의 눈알이 사도무영 쪽으로 돌아왔다.

"허험, 저 아이 말이야. 아직 어린 줄만 알았는데, 다 컸군. 밤이 즐겁겠는데?"

"그 말씀 하시려고 온 겁니까?"

"원 사람도, 뭘 그리 쑥스러워 하나?"

감평악은 가자미눈으로 쳐다보며 실실 웃었다. 다 알고 있는데 웬 내숭이냐는 듯.

'끄응, 이 양반이 정말!'

한 대 후려쳐 버려?

사도무영은 가까스로 그런 마음을 참고 감평악에게 말했다.

"용건을 말씀해 보시죠. 딸 같은 아이에게 신경 그만 끄시고요."

감평악은 수염을 쓱 쓰다듬으며 적소연을 한 번 더 힐끔거렸다. 그리고 사도무영의 주먹이 슬며시 쥐어질 즈음에야 입을 열었다.

"내일 자네와 함께 호교무장전에 나가기로 했던 청수라당 공이귀의 몸 상태가 좋지 않다는 연락이 왔네. 아마 긴장감에 무리하게 운기를 하다가 가벼운 내상을 입은 것 같더군. 해서 다른 사람을 내보내야 할 상황이 되었는데, 적도광을 내보낼까 하네."

'적 형을?'

수라종파 내에서 적도광보다 강한 사람은 십여 명에 불과했다. 그나마도 큰 차이가 나지 않았다. 거기다 죽음을 두려워하지 않는 적도광의 사나운 성격은 감평악조차 꺼려할 정도가 아닌가.

그라면 대총회의 호교무장전에 나갈 실력이 충분히 되었다.

'그것도 괜찮겠는데?'

호교무장전에 나간다는 것만으로도 그의 위치가 달라질 터. 그것은 곧 수라단의 위치가 격상된다는 말과도 같았다. 호교무장전에 두 사람이나 내보내니까.

그럼 자신의 움직임에 그만큼 여유가 생길지도…….

계산을 끝낸 사도무영이 감평악의 의견에 찬성했다.

"탁월하신 생각입니다, 총령."

"허허허, 과연 자네와 난 마음이 잘 맞는단 말이야."

감평악이 적도광을 호교무장전에 내보내는 것은 그 자신을 위한 일이었다.

그는 수라단이 자신의 손아귀에 들어왔다고 생각했다. 그러니 수라단의 위상이 높아지면, 그만큼 자신의 목표에 한 걸음 더 다가간 셈이 아닌가 말이다.

어쨌든 두 사람은 의견이 잘 맞았다. 비록 가고자 하는 길은 달랐지만.

 그렇다고 모든 것에서 다 맞는 것은 아니었다.

 "그런데 말이야, 사 단주. 저 아이, 웬만하면 나에게 넘기지 그러나?"

 "못 들은 것으로 하겠습니다. 좋은 기분, 이대로 간직하는 게 좋을 것 같습니다만."

 그래도 감평악은 포기하지 않았다.

 "자네도 알다시피 나는 자식도 없잖은가? 해서 딸처럼 키워 봤으면 하는데……."

 '딸처럼? 그 눈빛으로? 웃기시네!'

 좌우간 제법 끈질긴 작자다.

 사도무영은 욕망의 불길이 타오르는 감평악을 향해 단호하게 말했다.

 "소연이는, 본교의 법에 따라 이미 저에게 넘어온 아입니다. 무슨 말인지 아시죠?"

 감평악이 의심의 눈초리로 적소연을 쓰윽 훑어보았다.

 "벌써 쓱싹 했단 말인가? 아직 처녀 같은데……."

 "제가 온 지 며칠입니까? 매일 밤, 소연이와 함께 지하의 온천으로 내려갑니다. 뭐, 그 다음은 총령께서 대충 상상하시고요. 만약 계속 그러신다면, 저도 생각을 다시 해보죠."

 그제야 감평악이 아쉬운 표정으로 눈빛을 가라앉혔다.

 '쩝, 저런 보물을 왜 몰랐을까? 에잉, 아쉽지만 별수 없지.

일단은 계집보다 이 녀석이 더 중요하니까.'

"허허허, 내가 어찌 자네의 여자를 욕심내겠나? 걱정 말게. 나도 주인 있는 여자는 싫으니까."

감평악은 누구도 믿지 않을 거짓말을 하고는 자리에서 일어났다. 이층과 일층 구석에서 수라단의 단원들이 나오고 있었다. 모두가 며칠 굶은 늑대들의 눈빛을 한 채.

특히 적도광의 회색에 가까운 눈빛은 마치 죽은 자의 눈빛 같아서 마주보기가 껄끄러웠다.

오래 있어 봐야 좋을 것이 없는 상황. 그는 헛기침을 하며 몸을 돌렸다.

"험, 그만 가 보겠네. 내일 아침에 보세."

"멀리 나가 보지 않겠습니다. 내일 아침에 뵙죠."

사도무영은 감평악이 나가고도 한참이 지난 다음에야 몸을 일으켰다. 그리고 두 손을 맞잡고 우두둑 꺾었다.

"자, 나가서 또 시작해 볼까요?"

그때였다. 적소연이 갑자기 뒤에서 달려들었다.

"어? 왜 이래, 너?"

그녀를 피하지 못할 그가 아니었다. 하지만 피할 수가 없었다. 눈물을 줄줄 흘리는 그녀를 피하면, 아무래도 뒤탈이 생길 것 같았다.

"고마워요, 단주님!"

"비, 비키라니까? 나가서 비무할 시간이란 말이야."
대답은 적도광이 했다.
"먼저 나가 있을 테니, 조금 있다 나오시죠."
몸을 돌리는 그의 눈빛은 조금 전과 같은 회색이 아니었다. 그리고 생기가 흐르고 있었다.
"킬킬킬, 들었지? 매일 밤 함께 온천에 들어간데."
"들어가서 응응 하겠지?"
"당연하지! 안 하면 그게 남자야?"
"크크크, 그러고 보니 단주도 엉큼하다니까."
"호호호, 얼마나 재미있을까. 아, 나도 함께 들어가고 싶어."
사도무영은 황급히 변명을 했다.
"어? 그게 아니라니까? 나는 그냥 몸을 좀 풀려고……."
하지만 그 말이 문제를 더 키웠다.
"클클클, 저 봐, 소연이하고 몸을 푼다잖아."
"크으, 소연이하고 몸을 풀면 확실하게 풀릴걸? 가만, 그래서 매일 우리를 그렇게 두들겨 패고도 멀쩡한가?"
"아무래도 그런 것 같은데?"
얼굴이 벌게진 사도무영이 버럭 소리쳤다.
"다 알면서 정말 그렇게 놀리기요? 바로 나갈 테니 조금만 기다리쇼!"

3.

"시신을 모두 수거했습니다."

백염의 노인은 찻잔을 내려놓고, 앞에 앉은 중년인을 바라보았다.

"상대의 능력에 대한 파악은?"

"지금 검시하고 있는 중입니다만, 각 아우의 상태로 봐서 우려했던 것보다 더 강한 자들로 보입니다."

"그들의 정체는 파악되었느냐?"

"모든 정보를 취합해서 파악해 본 바, 의외의 인물 셋 중 한 사람은 오래전에 모습을 감춘 천귀살 단학으로 보입니다."

"살문의 문주 따위는 문제될 게 없다."

중년인도 같은 생각이었다. 단학 정도야 마음만 먹으면 언제든지 처리할 수 있었다.

"소자 역시 같은 생각입니다. 사실 문제는 나머지 두 사람인데, 곤혹스럽게도 현 강호에서 활동하는 사람 중에서는 부합되는 자가 없습니다."

"밀천십지에서 나온 자들일 확률은?"

"반반입니다. 그들이 아니라면, 알려지지 않은 자들 중 각 아우를 스스로 자결하게 만들 자가 몇이나 되겠습니까?"

백염노인은 다시 찻잔을 들어 입술을 축였다. 그리고 천천히 찻잔을 내려놓은 다음 입을 열었다.

"너무 가까이 접근시키지 마라. 각이가 당했다는 것은 저들이 각이의 움직임을 미리 알고 있었다는 뜻. 자칫 역추적 당할 수도 있음이니……."

"하오면 그냥 놔둘 생각이십니까?"

"그들이 북쪽으로 올라가고 있다 했지?"

"예, 아버님."

"그럼 장안으로 갈 생각일 게야. 그들이 장안을 들쑤시면 우리로선 손해될 것이 없지. 상황을 살피면서 추후 대응책을 마련하도록 하자."

"그럼 각 아우에 대한 복수를 포기해야 하는 겁니까?"

백염노인은 찻잔을 움켜쥐었다. 참았던 격정이 손을 통해 쏟아지며 찻잔이 먼지처럼 가루로 변했다.

"포기가 아니다. 잠시 미루는 거지. 무슨 말인지 알겠느냐? 이 애비인들 어찌 자식의 원한을 갚고 싶지 않겠느냐? 하나 가문의 영광을 위해서라도, 참아야 할 때는 참아야 하느니라."

"소자가 어찌 그걸 모르겠습니까. 아버님의 뜻에 따르겠습니다."

"곧 저들에게서 연락이 올 것이다. 일단은 그 일이 먼저인 만큼, 가서 만반의 준비를 하고 기다리도록 해라."

중년인은 백염노인이 말한 '저들'이 누군지 알고 있기에 표정이 굳어졌다.

솔직히 그는 그 일이 탐탁지 않았다. 그 일을 생각해 볼 때마다 알 수 없는 불안감이 밀려들었다.

하지만 이미 가문에서 결정한 일. 그는 이런저런 말을 늘어놓지 않고 자리에서 일어났다.

"그럼 이만 가보겠습니다."

백염노인은 중년인이 방을 나가자 눈을 감았다.

'옥룡주가 때맞춰서 우리 손에 들어왔다는 것은, 하늘이 우리에게 기회를 주겠다는 뜻. 절대 놓치지 않겠다!'

아마 그 와중에 시련도 있을 것이다. 어쩌면 동방각이 죽은 것도 그러한 시련 중 하나일지 몰랐다.

'미친 중, 평범한 중년인이라…….'

정말 그들이 밀천십지에서 나온 자들일까?

그럴지도 몰랐다. 하지만 크게 걱정하지는 않았다.

백염노인의 두 눈에서 한광이 번뜩였다.

"흥, 놈들이 누구든 상관없다. 놈들이 아무리 강하다 해도, 천아가 대공을 성취하면 놈들을 간단하게 처리할 수 있을 테니까."

4.

마침내 대총회에 참가하기 위해 신교로 가는 날이 밝아왔다.
 사도무영과 수라단의 단원들은 모두 옷을 새 것으로 갈아입었다.
 거지같은 복장으로 신교에 가면 수라종파의 체면이 상한다며 감평악이 보내온 옷이었다.
 모두 핏빛에 가까운 갈색이었는데, 사도무영의 옷만 갈색 소매에 검은색 띠가 둘러져 있었다.
 "와! 멋져요!"
 적수연이 옷 입는 것을 도와주더니 활짝 웃으며 소리쳤다.
 사도무영은 자신의 몸을 둘러보고 만족한 미소를 지었다.
 '확실히 옷걸이는 괜찮단 말이야.'
 그는 흐뭇해하며 손목에 팔찌를 찼다.
 철컥.
 그가 팔찌를 차자, 적수연이 빤히 보며 물었다.
 "그건 뭐예요, 단주님?"
 "어, 사문의 사조께서 남겨주신 선물."
 적수연은 팔찌에 새겨진 그림을 요리조리 살펴보더니 안색이 창백하게 변했다.
 "하아, 정말 무서운 그림이네요."
 "그렇게 보여?"
 "네, 보는 것만으로도 숨이 멎을 것 같아요."
 "그래?"

그림의 면면(面面)을 자세히 뜯어보면 무시무시한 내용이 담겨 있긴 했다. 하지만 그것뿐, 자신은 별다른 느낌이 들지 않았다.

그런데 적소연은 거기에서, 자신이 미처 느끼지 못한 어떤 두려움을 느낀 듯했다.

"어떤 느낌이 들지?"

"꼭…… 제가 팔찌에 있는 지옥의 소용돌이에 빠진 것 같아요."

"아직 팔찌의 이름을 모르는데, 이 기회에 소연이가 이름을 지어주겠어?"

적소연이 곧장 이름 하나를 중얼거렸다.

"지옥마갑(地獄魔匣)."

너무 악기가 풍기는 이름이긴 한데, 그 이름이 그리 싫지는 않았다. 아니 팔찌에 숨겨진 무서움을 생각하면, 아주 잘 어울리는 이름이기도 했다.

"지옥마갑이라……. 좋아, 앞으로는 그 이름으로 부르지."

지옥마갑으로 사마의 무리를 때려잡는다? 그것도 괜찮을 듯싶었다.

적소연은 꿈에도 몰랐다. 훗날 그녀가 이름 지은 팔찌 하나에 얼마나 많은 피가 흐를지.

사도무영은 마저 도까지 허리에 매달고 방을 나섰다.

일층 넓은 공간에는 이미 수라단원들이 모여 있었다.

그들은 오랜만에 입은 새 옷이 어색한지, 몸을 이리저리 틀어보며 마치 새 옷을 입은 아이들처럼 굴었다.

하긴 삼 년 만에 새 옷을 입으면 누구나 그들처럼 어색해 할 것이었다.

'저러면 별로 안 좋은데?'

사도무영은 그 모습을 보며 눈살을 찌푸렸다.

옷 때문에 정신이 분산되어서 긴장감이 많이 누그러진 상태였다. 그렇다고 헌 옷으로 다시 갈아입을 수도 없는 일.

사도무영이 이런저런 생각을 하며 그들에게 다가가자, 적도광이 준비완료를 알렸다.

"출발준비 다 되었습니다, 단주."

사도무영이 수라단원에게 명을 내렸다.

"좋소, 갑시다. 단, 광마각을 나서면, 이십 장은 굴러서 가쇼."

"예?"

적도광이 그동안 일체 하지 않던 반문을 했다. 그러니 다른 사람들이야 말할 것도 없었다.

수라단원들은 '단주가 드디어 미쳤나?' 그런 표정으로 사도무영을 멍하니 쳐다보았다.

사도무영은 눈썹 하나 까딱하지 않고, 손을 들어 입구를 가리켰다.

"실시!"

명이 떨어졌는데 어쩌랴. 단주가 미쳤든, 제정신이든 따를 수밖에.
 따르지 않으면 그보다 몇 배 더한 일을 시키고도 남을 사람이 단주인 것이다.

 적소연을 제외한 수라단원들은 모두 삼십 장을 굴러간 다음에야 몸을 일으켰다.
 그들은 옷에 묻은 흙을 털어내며 투덜거렸다.
 "에이, 오랜만에 새 옷 좀 입었다 했더니……."
 "우리 단주, 광마각에 오더니 진짜로 광마가 된 거 아냐?"
 "그래도 마음은 편하네. 새 옷을 입으니까 조금 어색했는데."
 "그건 그런데……."
 적도광은 옷을 대충 털고 사도무영을 바라보았다.
 '그랬군. 옷 때문에 생긴 어색함을 털어버리기 위함이었어.'
 정녕 따라잡을 수 없는 사람인가?
 그는 쓴웃음을 지으며 수라단원들을 돌아보았다.
 조금 전 광마각 안에 있을 때와 달랐다.
 그들의 얼굴에서 전날의 표정이 서서히 되살아나고 있었다. 그리고 모두 모였을 때는, 어제 저녁과 같은 긴장감이 살아난 상태였다.
 적도광은 사도무영에게 물었다.
 "단주, 옷 때문에 그런 명령을 내리신 겁니까?"

"꼭 새 옷 입은 애들 같잖소? 그럼 누가 수라단을 두려워하겠소?"

졸지에 새 옷 입은 애들이 된 수라단원들의 얼굴이 벌게졌다. 하지만 아무도 반박하지 못했다.

'하여간 말을 해도…….'
'지미, 저도 새 옷 입었다고 좋아하던 거 같던데…….'

수라전 앞에는 대총회에 갈 사람들이 집합해 있었다. 다른 교도들은 주위에 둘러서서 그 모습을 구경했고.

사도무영과 수라단이 도착하자, 사람들은 멸시와 불만의 표정으로 그들을 바라보았다.

수라종파의 교도들은 수라단원이 아무리 강하다 해도 그들을 존경하거나 좋아하지 않았다.

수라단원들은 약의 힘을 빌어서 강해진 자들. 수라종파를 위한 싸움개에 불과한 것이다.

"왔군. 인사하지? 여기는 신임 수라단주인 사영과 부단주 적도광이네."

감평악이 사도무영과 적도광을 보며 말했다.

사도무영은 감평악의 말을 들으며, 그의 옆에 있는 자들을 쳐다보았다.

그들 중 흑의를 입은 자가 먼저 입을 열었다.

"나는 흑수라당의 전추경이라 하오. 소문으로만 듣던 수라단주를 만나게 되어 반갑소."

그는 그다지 반감을 가지지 않은 표정이었다. 그러나 그의 옆에 있는 혈의인은 그와 달랐다.

"혈수라당의 감초민이오."

그는 자신의 이름만 말하고, 불쾌한 표정을 지으며 입을 닫았다. 성이 감씨인 것으로 봐서 종주나 총령과 가까운 사이인 듯했다.

"도담이라 하네."

마지막으로 감청색 옷을 입은 자가 자신의 이름을 밝혔다.

그는 특별히 호의도, 악의도 없는 무덤덤한 표정이었다. 만사 귀찮다는 듯.

그러나 사도무영은 그의 눈빛을 보고, 그가 결코 무덤덤한 자가 아니라는 것을 자신했다.

무채색의 눈빛. 감교악과 비슷한 눈빛이었다.

'대단한 자가 있었군. 종주의 제자라고 했지? 적도광과 비교해도 뒤지지 않겠는데?'

그는 세 사람을 향해 수라종파의 예법대로 인사를 했다.

"수라단을 맡은 사영이오."

그러고는 더 할 말 없다는 듯 고개를 돌렸다.

세 사람의 표정이 가지각색으로 바뀌었다.

호기심, 분노, 흥미.

감평악은 은근한 웃음을 지으며 다섯 사람을 향해 말했다.

"자, 인사는 그쯤 하고, 각자 자리로 가 있게. 종주님이 나오시는 대로 출발할 테니까."

5.

구천신교로 가는 사람의 수는 모두 육십구 명이었다.
감교악과, 종주의 호위인 수라십이살 열둘. 호법 다섯. 구장로 중 다섯. 총령인 감평악과 그가 거느린 수라마체 여덟. 삼당의 대표무사 아홉. 오향의 대표 다섯. 그리고 호교무장전에 나갈 사람 다섯과 수라단의 십팔수라까지.
그들 중 감교악만 수라십이살 중 네 사람이 멘 사인교를 타고, 나머지는 걸어서 갔다.
그들은 수라곡을 나서자마자 곧장 서남쪽으로 방향을 잡고 빠르게 이동했다.
구천신교로 가는 길은 촉도의 험난함 못지않았다.
백 리 가량 가자 그 험난함이 더욱 심해졌다.
바닥이 보이지 않을 정도로 깊은 협곡을, 대충 걸쳐 놓은 통나무다리를 밟고 건너는 건 그나마 나았다.
수백 장 높이의 깎아지른 절벽을 나무판으로 만든 엉성한 발판과 밧줄 하나에 의지한 채 통과할 때는 가슴이 섬뜩할 지경이었다.

그때만큼은 감교악도 사인교에서 내려야만 했다.
사도무영은 구천신교의 총단을 아는 강호인이 없다는 게 이해되었다.
길조차 이토록 험한데, 중간 중간 지키는 자들이 있었다.
그들에게 들키지 않고 이 길을 통과한다는 것은 불가능에 가까웠다. 다른 길이 있다면 몰라도.

수라곡을 출발한 지 다섯 시진.
사도무영은 전방에 펼쳐진 장엄한 광경을 보고 감탄을 금치 못했다.
깎아지른 절벽 사이. 수십 장 높이에서 거대한 물줄기가 곤두박질친다.
거대한 물줄기가 드넓은 소(沼)에 처박힐 때마다 고막이 먹먹할 정도의 굉음이 계곡을 뒤흔든다.
안개처럼 뿌옇게 계곡을 메운 물보라!
장엄함과 신비함이 느껴지는 곳이다.
"저 너머에 신교의 총단이 있다네."
폭포를 보며 감탄하고 있는데 감평악이 말했다.
사도무영은 그 말에 의아한 생각이 들었다.
폭포 양쪽의 절벽은 안쪽으로 꺾어져 있고, 그나마도 폭포의 물보라로 인해 물기에 젖어 있어 발을 디딜 수조차 없었다.
폭포의 높이는 삼십여 장.

설마 저 절벽을 타고 올라가는 건가?

전혀 불가능한 일은 아니었다. 검을 박고 올라간다든가 하면 될 테니까.

그러나 협곡과 절벽에 이동할 수 있는 방법을 마련했다면, 이곳 역시 뭔가가 있어야 했다. 그런데 아무리 봐도 밧줄 하나 보이지 않는 것이다.

"사 단주, 들어가세."

옆에서 감평악이 손짓을 했다.

사도무영은 어리둥절한 표정으로 그를 바라보았다. 그러다 곧 무슨 뜻인지 알고 눈을 크게 떴다.

감교악을 태운 사인교와 간부들이 쏟아지는 폭포 밑으로 가는가 싶더니, 폭포수가 쏟아지는 절벽 쪽을 향해 일렬로 신형을 날리는 것이 아닌가.

그들은 소의 중간에 불쑥 솟아있는 바위를 징검다리 삼아 날아가더니, 폭포수 뒤쪽으로 사라졌다.

"뭐 하나? 빨리 오게!"

감평악이 신형을 날리며 소리쳤다.

사도무영도 그의 뒤를 따라 폭포수 뒤쪽으로 들어갔다. 폭포 뒤쪽에는 제법 넓은 암반이 있었는데, 그곳에 내려선 후 물보라를 헤치고 조금 전진하자, 입을 벌리고 있는 커다란 동굴이 보였다.

폭포와 튀어나온 바위에 가려져 밖에서는 도저히 볼 수 없는 동굴이었다. 그마저도 여기까지 온 다음의 이야기지만.

동굴은 경사를 이루며 위로 뻗어 있는데, 습기를 머금은 바위 위에는 나무로 만든 계단이 끝없이 이어져 있었다. 그리고 그 양쪽에는 드문드문 무사들이 석상처럼 서 있었다.
"승천관(昇天關)이라네. 하늘을 나는 재주가 없는 이상, 이곳을 통하지 않고는 안으로 들어갈 수 없지."
감평악이 나직하게 동굴에 대해 설명했다.
그의 말대로 폭포 쪽으로 정상까지 올라가기 위해선 하늘을 나는 재주가 있든지, 아니면 밧줄이라도 있어야 했다. 그나마도 그곳 역시 무사들이 지키고 있을 터, 몰래 들어간다는 것은 불가능에 가깝다고 봐야 했다.
사도무영은 무거워진 표정으로 계단을 밟았다.
계단을 따라 올라가는데, 인공으로 다듬은 곳이 간혹 보였다. 아마도 기관이나, 그와 비슷한 뭔가가 설치되어 있는 것 같았다.
그렇게 이백여 장을 올라가자 앞이 환해졌다.
숨을 몰아쉰 사도무영은 수라단원들과 함께 출구로 나갔다. 폭포의 굉음이 저 밑에서 들려왔다.
"이제 거의 다 왔군."
십여 장 앞쪽에서 누군가가 말했다.
폭포 쪽을 바라보던 사도무영은 무심코 고개를 돌리다 눈을 부릅떴다.

 수백 장 높이의 절벽이 병풍처럼 둘러서 있는 거대한 협곡이 보였다. 협곡 안쪽은 호리병처럼 생긴 분지 형태를 이루고 있었는데, 그곳에 커다란 마을이 형성되어 있었다.

 "저기가 구천신교입니까?"

 감평악이 머리에 쓴 도관을 만지작거리며 대답했다.

 "그렇다고 봐도 무방하네. 뭐 총단은 더 안쪽에 있네만. 자, 가보세."

 분지는 일명 신지(神地)라고 불렸는데, 그 넓이가 족히 수백만 평은 되었다.

 가옥이 밀집되어 있는 마을을 제외하고, 가능한 곳은 모조리 농지로 만들어진 상태였다. 아무리 소출이 적다고 해도 족히 수천 명은 먹고살 수 있을 것 같았다.

 굶을 걱정할 필요가 없다는 것. 인간에게 그 이상의 행복이 있을까?

 물론 있을 것이다. 그러나 최소한, 먹을 것이 없어 굶어죽는 불행은 면할 수 있을 터였다.

 흉년이 들어 사람마저 잡아먹는 세상에 비하면, 이곳은 천국이나 다름없었다. 소출이 골고루 나눠지고, 약자가 강자에게 핍박만 받지 않는다면 말이다.

 '신지라……. 운남이나 사천의 깊은 산중에는 사람의 발길

이 닿지 않는 곳에 풍요로움이 가득한 이상향이 있다더니, 바로 이런 곳을 말하나 보구나.'

사도무영은 분지의 이곳저곳을 곁눈질로 살피며, 마을과 농지를 가르는 길을 따라 더욱 안쪽으로 들어갔다.

하지만 그는 마을을 통과하면서 안타까운 마음을 금치 못했다. 하늘은 많은 것을 주었지만, 사람들은 그것을 제대로 누리지 못하고 있었다.

'이토록 아름답고 풍요로운 곳이 인간의 욕망 때문에 완전히 버려버렸구나.'

엎드려 있는 마을 사람들의 표정이 굳어 있었는데, 그들의 얼굴에서 피로감과 무력감이 엿보였다. 집 안에서 고개만 슬쩍 내민 여인들의 얼굴도 그다지 행복해 보이지 않았다.

불행하지도 않지만, 행복하지도 않은, 그저 그런 막연한 표정들. 다른 길이 없으니 어쩔 수 없이 살아가는 사람들의 얼굴.

결코 풍족한 마을사람들의 모습이 아니었다.

조금 이상한 것은, 서너 살 아이들만 보일 뿐, 그 이상 되는 아이들은 보이지 않는다는 것이었다.

그 원인을 추측하는 것은 그리 어렵지 않았다.

'구천신교에서 아이들을 모두 데려가나 보군.'

간혹 사마도의 집단에서 어린아이들을 잡아다가 무공을 가르친다는 말을 들은 적이 있었다. 하물며 이곳은 굳이 잡아올 필요도 없지 않은가.

'부모에게서 아이들을 강제적으로 빼앗는 일이 얼마나 사악한 일인지도 모르는 놈들.'

가슴에서 분노가 새벽안개처럼 피어올랐다.

마을을 통과하고 삼백여 장을 더 가자, 왼쪽으로 제법 깊고 넓은 계곡이 보였다.

계곡이 끝나는 지점의 절벽까지는 오 리쯤 되었는데, 삼십여 채의 커다란 건물이 그 안에 들어차 있었다.

구천신교!

그랬다. 그곳이 바로 현천교의 대지이자, 천하 마도를 암중에서 주무르고 있다는 구천신교의 총단이었다.

사도무영은 분노를 감추고, 촌놈처럼 여기저기를 둘러보며 감평악의 뒤를 따라갔다.

그때 계곡 안쪽에서 검은 장포를 걸친 두 명의 중년인이 십여 명의 수하들을 거느리고 나왔다.

그들은 선두의 감교악이 탄 사인교 앞에 서더니 두 손을 맞붙여 올리고 인사를 했다.

"수라의 형제들을 뵙겠습니다!"

"오랜만입니다, 종주님!"

감교악도 교자의 주렴을 젖히고는, 그들을 향해 마주 손을 들어 올리며 반가운 표정을 지었다.

"현천의 형제들이여, 그간 잘 있었는가?"

1.

구천신교는 지난 천 년 이래로 현천종파가 이끌어 왔다.

그리고 그 아래로, 일양(日陽), 신월(新月), 금황(金黃), 화화(火花), 수밀(水密), 목령(木靈), 수라(修羅), 환희종파(歡喜宗派)가 존재했다.

그들 중 많은 곳은 백 명에 가까운 인원을 이끌고 왔고, 적은 곳은 사십여 명을 이끌고 왔다.

모두 오백 명에 이르는 인원이었지만, 현천교는 신지에 총단을 건설하면서 그들이 기거할 건물을 미리 지어놓은 상태였다.

총단으로써의 조건을 갖추어 놓은 것이다.

수라종파는 그 중 입구 쪽에 있는 건물을 배정받았다.

두 개의 이층 건물이 회랑으로 연결되어 있었는데, 수라종파 단독으로 쓰기에는 충분했다.

수라단은 그 중 우측 건물의 이층을 쓰기로 했다.

이층에 있는 방은 모두 세 개. 방마다 침상이 열 개씩 있었다. 하나는 아홉 명이, 하나는 여덟 명이. 그리고 나머지 하나는 사도무영과 적소연이 쓰면 되었다.

사도무영과 적소연이 같은 방을 쓴다고 하자, 수라단원들이 낄낄거리며 소곤거렸다. 무슨 말인지 듣지 않아도 알 수 있었다.

하지만 사도무영은 감평악의 느끼한 눈길 때문에 적소연을 다른 곳으로 보낼 수가 없었다.

남들이야 그렇고 그런 사이니 당연하다고 생각할지 몰라도, 그가 적소연과 함께 방을 쓰기로 작정한 것은 그런 순수한 이유 때문이었다.

굳이 또 다른 이유를 들자면, 적소연이 함께 있는 것이 몰래 움직이는데 도움이 될 거라 생각했기 때문이었다.

하다못해 누가 갑자기 찾아왔을 때, 자신 대신 변명이라도 해줄 수 있을 테니까. 뒷간에 갔다는 식으로라도.

설마 고자질이야 할까?

"정말 굉장한 곳이에요. 그죠, 단주님?"

오 년마다 한 번 열리는 대총회 때 외에는 이곳에 대규모 인원이 올 일이 거의 없다고 했다.

그러다 보니 수라곡에서 온 육십구 명 중 한 번이라도 이곳에 와본 사람은 반도 되지 않았다. 수라단원은 모두가 처음 왔고.

"아까 마을사람들 봤지? 뭐 느껴지는 거 없었어?"

"마을사람들이요? 뭐가요?"

적소연은 그들에게서 아무 것도 느끼지 못한 듯했다. 하긴 수라곡도 이곳과 크게 다르지 않으니 어쩌면 당연한 것일지도 몰랐다.

사도무영은 적소연이 불쌍하게 느껴졌다. 전과는 다른 감정이었다.

전에는 '수라곡처럼 살벌한 곳에서 살아오느라 얼마나 힘들었을까?' 그런 마음이었다. 그러나 지금은, 인간으로서의 기본적인 감정을 제대로 느끼지 못하는 적소연이 마냥 안 되어 보였다.

개인적인 기쁨과 슬픔. 그녀가 느끼는 감정은 그것이 전부였다. 남의 고통과 불행은 그녀에게 그저 남의 일일 뿐이었다. 심지어 죽음조차도.

"아니다. 흠, 이거 사람은 둘인데 침대는 열 개나 되는군."

사도무영은 침대에 엉덩이를 걸치고 짐짓 너스레를 떨었다.

사도무영 옆에 나란히 앉은 적소연은 금방 얼굴을 펴고 환하게 웃었다.

"이리저리 옮겨 다니면서 자도 되겠어요."

그렇게 웃을 때는 여느 소녀들과 다르지 않았다.

"그래도 저는 단주님과 함께 잘래요."

그렇게 말하며 배시시 웃을 때는 사악한 백여우처럼 보였고.

"그건 안 돼. 내일부터 호교무장전이 열리는데, 조금이라도 몸을 더 다스려야지."

"그건 그래요. 소연이도 단주님이 다치는 게 싫어요."

"알았으면 저쪽 가서 쉬도록 해라."

"잠깐만 있으면 안 돼요?"

사도무영은 안 된다고 말하려다가, 적소연의 얼굴에 행복한 미소가 떠올라 있는 걸 보고 차마 입을 열지 못했다.

'뭐 어때? 잠깐 앉아 있는 것뿐인데.'

그때 밖에서 감평악의 목소리가 들렸다.

"사 단주, 안에 있는가?"

"예, 총령."

덜컹.

대답이 끝나기도 전에 문이 열렸다.

막 안으로 들어오려던 감평악이 어색한 미소를 지었다.

"이런, 내가 눈치 없이 찾아왔군."

사도무영은 옆을 바라보았다. 적소연이 반쯤 몸을 눕힌 채 엉거주춤한 자세로 앉아 있었다.

누가 보면, 막 어떤(?) 짓을 하기 직전의 자세로 오해하기 딱 좋은 모습이었다.

"소연아, 저리 가 있어라."

"예, 단주님."

적소연은 재빨리 일어나서 한쪽으로 갔다.

발그레한 얼굴을 숙이고 뽀르르 걸어가는 것이, 수상한 짓을 하다 들켜서 무안해 하는 행동처럼 보인 듯했다. 감평악이 실실 웃으며 말했다.

"역시 젊음은 좋군. 긴장하고 있는 줄 알았는데, 오자마자 그 생각부터 하다니."

"뭘 말입니까?"

"흘흘, 알면서 뭘 묻나?"

'내가 말을 말아야지. 하여간 생각하는 것 하고는.'

사도무영은 하고 싶은 말을 꾹 눌러놓고 단도직입적으로 물었다.

"그런데 무슨 일로 오신 겁니까?"

감평악은 그제야 본론을 꺼냈다.

"험, 자네가 미리 알아두어야 할 것이 있어서 말해주려고 왔네."

"말해 보시죠."

"해가 지고 달이 뜨면 대총회가 시작될 것이네. 아마 한 시진 정도 지나면 시작될 것 같군. 그 전에…… 자네는 물론이고 호교무장전에 나갈 사람을 종주님께서 부르실 게야."
 감평악의 목소리가 점점 낮아졌다. 거기다 은은한 기운이 흐르는 걸 보니 내공으로 소리가 새어나가는 걸 막는 듯했다.
 사도무영은 가만히 앉아서 그의 말에 귀를 기울였다.
 "혹시라도 종주님이 뭔가를 주거든, 절대 복용해서는 안 되네."
 "독입니까?"
 "독은 아니네."
 "그럼 잠력을 격발시키는 약이라도 되나 보군요."
 감평악은 말없이 고개만 살짝 끄덕였다.
 "복용하면 죽습니까?"
 "죽진 않네. 하지만 자네의 공력을 무리하게 소모시키면서 결국에는 큰 타격을 줄 거야."
 감평악이 염려하는 것은 그것이었다. 아직 사도무영의 힘이 약화되어서는 안 되었다. 그가 원하는 일이 다 끝난 다음에야 죽든 병신이 되든 상관없지만.
 그래도 그는 걱정이 가득한 표정으로 말했다.
 "나는 자네가 종주의 욕심에 의해 희생되는 걸 원치 않네."
 꼭 그런 이유만은 아닌 것 같은데?
 사도무영은 툭 쏘아붙이며 묻고 싶었지만, 그 질문은 다음으로 미루었다. 대신 감격에 찬 표정으로 말했다.
 "걱정해 주셔서 고맙습니다, 총령."
 "허허허, 별 말을. 나는 단지 아들 같은 자네가 다치는 걸 원치 않을 뿐이라네."
 '다른 건 몰라도, 아버지를 모욕하지는 마쇼. 그럼 다 때려쳐 버릴 수도 있으니까!'
 그러고 보니 아버지가 어떻게 지내시는지 궁금했다.
 어머니하고 잘 지내시는지…….
 사도무영은 아버지를 생각하며 화를 풀었다.
 아버지를 생각하니 가슴에 싸한 느낌이 들면서 입가에 가벼운 웃음이 떠올랐다.
 '티격태격하시긴 해도 부부인데, 잘 지내시겠지. 뭐 가슴에 상처야 몇 개 더 생겼을 테지만.'
 감평악은 그 모습을 보고 엉뚱한 생각을 했다.
 '흐흐흐, 역시 내가 연기하나는 잘한단 말이야. 저 녀석, 감동했나 보군.'
 그런데 묘했다.
 그냥 속이기 위해 한 말일 뿐이거늘, 그 말을 듣고 감동(?)하는 모습을 보니, 왠지 모르게 가슴이 저렸다.
 '마음이 잘 맞다 보니 이런 것도 전이되는가 보군. 자식, 좌우간 사람 하나는 잘 골랐단 말이야. 아니지, 저절로 품에 들어왔으니 내가 복이 많은 셈인가? 후후후후.'
 감동 같은 것은, 그에게 하등 쓸모없는 감정의 찌꺼기일 뿐이었다.

감평악이 나간 지 일각 가량이 지나자 감교악이 부른다는 연락이 왔다.

감교악의 방은 좌측 건물 일층 중간에 있었다. 양쪽에는 종주를 호위하는 수라십이살과 호법들이 기거했다.

사도무영은 적도광과 함께 회랑을 지나 감교악의 방으로 갔다.

방 안에는 감평악과 삼당의 당주, 호법과 장로들이 함께 있었는데, 전추경과 감초민, 도담이 먼저 와 있었다.

"다 왔군."

감교악이 담담히 말하고는 다섯 사람을 둘러보았다.

"각 종파가 왜 호교무장전에 많은 신경을 쓰는지 아느냐?"

"젊은 고수를 얼마나 배출하느냐에 따라 그 종파의 미래가 결정되기 때문이 아니겠습니까?"

감초민이 먼저 나서서 말하자, 전추경도 넌지시 한마디 했다.

"신교의 간부가 될 수 있기 때문이 아닐까 합니다. 신교의 간부가 많아지면 그만큼 종파의 힘도 강해지지 않겠습니까?"

감교악은 고개를 끄덕였다. 하지만 그의 말에 전적으로 동의하지는 않았다.

"물론 그런 이유도 있지. 하나 그보다 더 큰 이유는, 신교가 세상으로 나갈 때가 임박했기 때문이니라. 그때 호교무장전의 결과를 감안해서 수장을 뽑을 거라는 게 나의 생각이다."

선발대의 수장이 되는 것과 되지 못하는 것 사이에는 태산만큼이나 큰 차이가 있었다.
 명을 내리는 자와 받는 자.
 그것은 곧 자존심의 싸움이기도 했다.
 "하여 나는 한 가지 결심을 했다. 이것을 너희를 위해 쓰기로 말이다."
 감교악은 나직이 말하고는, 다섯 사람을 향해 작은 함을 내밀었다.
 함 안에는 엄지손톱만 한 단약이 다섯 알 들어 있었다.
 감초민이 머뭇거리며 물었다.
 "그게…… 무엇이온지요?"
 "본교에서 지난 이십 년 동안 심혈을 기울여 만든 성단이다. 이것이 너희들의 공력을 더욱 강하게 해줄 것이야."
 감교악은 거기까지만 말하고, 직접 단약을 하나 꺼내 도담에게 건넸다. 도담은 아무런 표정 변화도 없이 단약을 받았다.
 다음에는 감초민에게, 그 다음에는 적도광과 전추경에게 건넸다. 그리고 마지막으로 사도무영에게 단약을 건넸다.
 사도무영은 단약을 받아들고 감교악을 바라보았다.
 감교악이 단호한 표정으로 말했다.
 "모두 지금 복용하도록 해라."
 감초민이 눈을 크게 뜨고 물었다.
 "지금 말씀이옵니까?"

"그렇다. 약효가 강해서 제대로 효과를 보려면 시간이 많이 걸릴 것이다. 그러니 지금 복용해야만 당장 내일부터라도 효과를 볼 수 있을 게야."

종주의 말이다. 머뭇거리는 자체가 불경한 일이었다.

도담이 제일 먼저 단약을 입안에 집어넣었다. 조금도 의심이 없는 표정으로.

감초민도 더 이상 의문을 품지 못하고 단약을 입에 넣었다.

뒤이어 전추경과 적도광이 단약을 복용했다.

사도무영도 단약을 입으로 가져갔다.

그때 감평악이 입을 열었다.

"종주님께 드릴 말씀이 있습니다."

감교악이 슬쩍 고개를 돌렸다.

"말해 보게."

"호교무장전에서 이기려면 개개인의 실력도 실력이지만, 대진운도 상당히 중요하게 작용할 거라는 생각입니다. 그러니 누굴 먼저 내보내고, 누굴 나중에 내보낼 것인지, 심도 있게 생각해 봐야 하지 않을까 합니다."

"흐음, 그도 괜찮은 생각이군. 그래, 자네의 생각은 어떠한가?"

사도무영은 그사이 입안에 넣은 것을 삼켰다.

감평악이 힐끔 사도무영을 바라보고는 말을 이었다.

"저들은 약한 자를 먼저 내보내서 상대의 무위를 살핀 다음에 강자를 내보낼 겁니다."

그게 지금까지 호교무장전의 일반적인 행태였다.

"하니 우리는 저들과 다르게, 강자를 먼저 내보냈으면 합니다."

"그리해서 얻는 이익은?"

"강자를 피하면 그만큼 공력의 소모가 적고, 부상도 피할수 있으니, 나중에 팔대무장이 겨루는 결선에서 유리할 수 있지 않겠습니까?"

"흐음⋯⋯. 그도 그럴듯하군."

감교악은 느릿하니 고개를 끄덕였다.

"그래, 누구를 먼저 내보냈으면 좋겠나?"

"마음 같아서는 당연히 종주님의 제자인 도담을 선두로 내보내서, 보다 쉽게 다음 회전에 진출시켰으면 싶습니다만, 저들이 눈치채고 견제할지 모르니 순서를 하나 뒤로 미루지요."

감교악의 방을 나와 자신의 방으로 가는데, 감평악이 바로 뒤를 따라오며 전음으로 물었다.

『어떻게 되었는가?』

초조한 목소리였다. 사도무영이 단약을 복용하는 걸 봤으니 어떻게 된 일인지 궁금한 듯했다.

사도무영은 입꼬리를 비틀며 슬쩍 손을 펴 보였다.

엄지손톱만 한 단약이 모습을 드러냈다.

『그럼 아무것도 복용하지 않았단 말인가?』

『신교에서 내온 다과 중 색깔과 모양이 단약과 비슷한 것이 있어서 미리 하나 준비해놓았지요. 그걸 먹었습니다.』

그제야 감평악의 얼굴이 펴졌다.

『하하, 잘했네. 일단 그것은 자네가 가지고 있게. 내가 한 번 그 약에 대한 걸 좀 더 자세히 알아보겠네.』

사도무영은 방으로 들어온 후 문을 닫았다.

담담하던 그의 표정이 싸늘하게 가라앉았다.

'이게 과연 진짜 영단이냐, 아니면 잠력을 격발시키는 단순한 마단이냐, 그게 문젠데……'

그는 감교악의 말도, 감평악의 말도 믿지 않았다. 그들은 자신의 이익을 위해서라면 수단과 방법을 가리지 않을 자들이었다.

자신이야 어차피 복용하지 않았으니 문제될 것이 없었다. 그럼에도 그가 고민하는 것은 적도광 때문이었다.

다른 사람은 몰라도, 적도광이 마단에 희생되는 것은 원치 않았다.

'사부님이라면 알아낼 수 있을지도 모르는데. 직접 회천제 심단을 제련하셨다고 했으니…….'

그때 적소연이 심각한 표정으로 말했다.

"단주님, 저쪽 건너편의 건물에 있는 여자들 봤어요?"

적소연이 말하는 건물은 환희종파의 교도들이 머물고 있는 곳이었다.

"아니, 안 봤는데?"

적소연이 눈을 치켜뜨고는, 남편이 홍등가에 갈까 봐 걱정하는 부인처럼 말했다.

"조심하세요. 모두 요물 같아요. 분을 어찌나 진하게 칠했는지 귀신이 따로 없어요. 언젠가 환희종파의 여자들이 남자의 혼을 빼먹는다는 말을 들었는데, 정말 그런가 봐요. 잘못 걸리면 큰일 나니까, 절대 가까이 가지 마세요. 알았죠?"

사도무영도 그녀들을 먼발치에서 보긴 했다. 하지만 별다른 흥취는 일지 않았다. 그녀들보다는 적소연이, 조화설이 백 배 나았다.

그렇다고 사실대로 말하면 기가 살아서 올라탈지 모르는 일. 아무것도 모른 척하고 살짝 약을 올려봤다.

"그래도 높은 분들이 명을 내리면 가야 할지 모르는데, 어떡하지?"

적소연의 입술이 앞으로 삐죽 튀어나왔다.

"그럼 별수 없지만……. 가더라도 절대 몸이 닿지 않게 하세요. 혹시 손이 바지 속으로 들어오면……."

이크! 잘못 건드렸다.

사도무영이 재빨리 적소연의 입을 막았다.

"소, 소연아."

"예?"

적소연이 눈을 동그랗게 뜨고 쳐다본다.

아무리 수라곡에서 태어나고 자라 지켜야 할 도리를 모른다고 하지만, 그런 말을 아무렇지도 않게 한다는 것은 분명 문제였다.

'높은 놈들이 어떻게든 여자를 쉽게 차지하려고 가르쳐 주지 않은 걸 거야. 나쁜 놈들!'

지금 당장 그 일에 대해 장황한 설명을 하기도 어정쩡한 상황. 사도무영은 슬쩍 말을 돌렸다.

"혹시 뭐 먹을 거 없냐?"

적소연이 밝게 웃으며 대답했다.

"제가 가서 알아볼게요. 조금만 기다리세요."

그런 것만 아니라면 정말 순진한 소녀였다.

2.

둥! 둥! 둥! 둥!

보름달이 떠오르자 북소리가 끊임없이 울렸다.

마침내 대총회가 시작된 것이다.

수라종파의 교도들은 검은 장포를 걸친 현천교도들을 따라 계곡 가장 안쪽의 절벽 앞으로 갔다.

절벽 앞은 만여 평의 광장이었는데, 사방에서 몰려드는 아홉 종파의 사람들로 인해 그 넓은 곳이 꽉 찼다.
 '엄청나군.'
 사도무영은 수라종파 교도들의 뒤쪽에 서서 돌아가는 상황을 주시했다.
 달빛 아래 오백 명이 넘는 사람들이 서 있었다. 모두가 일류 이상의 고수들이고, 개중에는 절정의 고수들이 적어도 백 명은 되었다.
 가히 두려운 광경이 아닐 수 없었다.
 저들이 모두 강호로 쏟아져나가면 어떻게 될까?
 그 생각을 하니 가슴이 무거워졌다.
 과연 정천맹이 저들을 막을 수 있을까?
 그때 앞쪽에 서 있던 신교의 제자들이, 잘 알아듣지도 못할 진언을 중얼거리기 시작했다.
 그들의 중얼거림은 수백 장 높이의 절벽을 타고 휘돌며 사방으로 메아리쳤다.
 음산함마저 느껴지는 광경에 사도무영은 이를 지그시 악물었다.
 생각지도 못했던 일이 벌어진 것은 바로 그때였다.
 우르르르릉!
 천지가 진동하는 소리가 절벽 쪽에서 울렸다.
 그리고 곧, 절벽 아래쪽이 벌어지기 시작했다.

사도무영은 동굴로 들어가며 숨을 몰아쉬었다.

동굴의 통로는 스무 명이 나란히 서서 들어가도 될 정도로 넓었다. 높이도 이 장은 될 것 같았다.

동굴 벽 양편에 십여 장 간격으로 꽂혀 있는 횃불 때문인지, 붉은색의 바위가 더욱 붉게 보이며 사이함을 더했다.

검은 장포를 걸친 현천교도들은 아홉 종파의 교도들을 동굴 안으로 인도했다.

사도무영도 수라종파 교도들과 함께 물결의 한 줄기가 되어 안으로 밀려들어갔다.

"옴마니…… 옴마니……반메홈……."

"옴 아리야…… 사바하……."

수백 명이 외워대는 진언으로 귀가 먹먹한 가운데, 백여 장을 들어가자 끝이 나왔다. 하지만 끝은 끝이되 진정한 끝은 아니었다.

그곳에 도착한 사도무영은 경악한 표정을 감추지 못했다.

'맙소사!'

동굴의 끝에는 거대한 광장이 형성되어 있었다. 높이는 십 장이 넘을 듯했고, 넓이는 직경이 백 장은 될 듯싶었다.

한데 그 거대한 광장에 천여 명이 엎드려 있었다. 현천교의 교도들이었다.

광장을 빙 둘러 꽂혀 있는 수백 개의 횃불. 단상 좌우의 커다란 향로에서 타오르는 붉은 향연. 검은 장포를 걸치고서 그

한가운데 엎드려 있는 일천 교도. 그들이 나직하게 암송하는 진언이 동굴 광장에 메아리친다.

사도무영은 그 광경을 보고 몸이 굳었다. 아니 몸이 굳었다기보다 엄청난 경악으로 인한 사고의 경직이었다.

『단주님.』

그가 움직이지 않으니, 적소연이 전음으로 부르며 옆구리를 툭 쳤다.

그제야 멈췄던 사고가 다시 돌기 시작했다.

사도무영은 슬쩍 고개를 끄덕여주고 걸음을 옮겼다.

발걸음이 천근만근 무거웠다. 숨쉬기가 힘들만큼 가슴이 답답했다.

이들은 단순한 사교의 무리가 아니었다. 거대한 힘을 지닌 마의 무리였다.

피를 두려워하기는커녕, 죽음과 살인을 당연시 생각하는 자들. 마가 본질이 된 자들!

'이들이 세상으로 나가는 순간, 평화롭던 대지에 지옥이 펼쳐질 것이다!'

그런 생각이 든 사도무영은 이를 악물었다.

아홉 종파의 교도들이 모두 광장에 모이고, 고요한 가운데 진언이 끝없이 울려 퍼질 때였다. 검은 장포를 걸치고 황금으로 치장된 도관을 쓴 노인이, 여덟 명의 노인과 세 명의 젊은 자들을 대동하고서 단상으로 올라왔다.

여덟 명의 노인은 황금도관을 쓴 노인의 좌우에 시립하고, 이십대에서 삼십대 초반으로 보이는 젊은 자들 셋은 그 노인의 뒤를 보좌했다.

그들이 나타나자, 이천 명의 구천신교 교도들이 암송하는 진언이 더욱 커지며 동굴이 무너질 것처럼 울렸다.

황금도관을 쓴 노인이 두 손을 쳐든 순간, 암송이 거짓말처럼 멈추고 동굴을 뒤흔들던 진언의 메아리도 잦아들었다.

동굴 광장에 죽음과 같은 적막이 내려앉았다.

사람들의 가슴이 묵직해질 무렵, 두 손을 높이 쳐든 노인이 가늘게 떨리는 목소리로 외쳤다.

"하늘이 우리를 보살피사, 세상이 어둠속에서 제자리를 찾을 때가 되었음을 알리도다!"

"어둠의 신이시여!"

"천공을 다스리시는 신이시여!"

"삶과 죽음을 현천의 신께 바치나이다!"

엎드려 있던 현천교의 제자들이 한소리로 목청 높여 소리쳤다.

뒤쪽에 서 있던 여덟 종파의 교도들도 일제히 무릎을 꿇고 함께 소리쳤다.

동굴 광장에 다시 장엄하면서도 사이한 목소리가 메아리쳤다.

수라종파 교도들과 함께 무릎을 꿇고 있던 사도무영은 노인을 뚫어지게 쳐다보았다.
 노인의 나이는 육십쯤 되어 보였다.
 장대한 체구에 가슴까지 흘러내린 수염. 형형한 눈빛. 전신에서 흘러나오는 묵직한 기운. 그의 신위는 가히 절대자라 하기에 부족함이 없었다.
 '저 노인이 구천신교의 대교주인 북궁마야인가?'
 그랬다. 구천신교의 대교주. 구천마신(九天魔神) 북궁마야. 중원의 사마도를 뒤에서 움직이는 절대마존이 모습을 드러낸 것이다.
 이를 지그시 악문 사도무영은 북궁마야에게서 시선을 떼고 그의 뒤를 바라보았다.
 '현유!'
 그는 세 명의 젊은 자들 중 가장 오른쪽에 서 있었다.
 나머지 둘은 그보다 서너 살에서 대여섯 살 정도 나이가 많았다. 아마도 그 둘이 현유의 두 사형인 듯했다.
 사도무영은 치솟는 불길을 억지로 짓누르고는, 눈알만 굴려 단상 근처를 둘러보았다.
 아쉽게도 조화설은 보이지 않았다. 혹시나 했거늘.
 대신 목령종파 교도들이 몰려있는 곳에서 눈에 익은 두 사람을 찾아냈다. 추은교와 석장추를.
 이미 그 두 사람이 자신을 알아볼 경우에 대비해서 대책은 세워놓은 터. 그는 싸늘한 냉소를 머금고 집회가 끝나기를 기다렸다.

3.

대총회의 시작을 알리는 의식은 두 시진이 지나서야 끝이 났다.

사도무영은 자시가 다 되어서야 수라단원들과 방으로 돌아왔다.

"정말 굉장했죠, 단주님?"

방에 들어서자 적수연이 들뜬 얼굴로 말했다. 얼굴이 벌건 게 아직 흥분이 가시지 않은 듯했다.

사도무영은 착잡한 마음으로 물끄러미 적소연을 바라보았다.

이 소녀는 대총회가 무얼 의미하는지 알고 저런 말을 하는 걸까?

세상을 피로 덮고 자신들의 세상으로 만들겠다는, 저들의 광란에 찬 피의 약속을 듣지 못했단 말인가?

'너를 뭐라고 할 수만은 없겠지. 어릴 때부터 그렇게 살아왔을 테니까.'

가슴이 답답했다. 순진한 소녀에게 피와 죽음을 당연시 생각하게 만든 구천신교의 행태에 분노가 스멀거렸다.

"소연아, 피와 죽음을 보는 것은 절대 즐거운 일이 아니란다."

"저도 즐거울 거라고는 생각하지 않아요. 하지만 적과 싸우다 발생하는 일은 어쩔 수 없는 일 아니에요?"

"누가 네 적이지?"

"바깥세상 사람들은 우리를 싫어한대요. 죽이려고도 하고요. 저번에 쳐들어왔던 사람들도, 잘못한 것이 없는 우리를 죽이려고 왔잖아요. 그들을 그냥 두면 우리가 죽는데, 가만히 앉아서 죽을 수는 없는 일 아닌가요?"

"왜 그들이 쳐들어왔을까, 생각해 봤어?"

적소연이 고개를 갸웃거렸다.

"다른 것은 몰라도, 우리가 먼저 그들을 적으로 삼지 않았다는 건 알아요."

"물론 수라종파는 그랬을지 모르지. 하지만 구천신교가 이미 강호에 피를 뿌린 상황에선, 구천신교 아홉 종파 중 하나인 수라종파도 저들의 타도 대상이 될 수밖에 없어."

"우리가 먼저 저들을 치지 않았는데도 말이에요?"

"생각해 봐. 만일 삼당의 누군가가 한 사람을 죽였어. 그럼 죽은 사람의 가족들은 삼당에게만 원한을 가질까, 아니면 수라종파 전체에 원한을 가질까?"

"그야……"

"때론 어떤 일에 직접적으로 관여하지 않고도 그 일에 대해서 책임을 회피할 수 없을 때가 있어. 지금의 수라종파도 그런 상황이야."

"단주님은 참 이상해요."

"뭐가?"

"수라종파의 교도인데도 수라종파 사람 같지가 않아요. 정말 수라종파의 교도가 되기 위해 본교에 들어오신 거예요?"

"글쎄……. 나도 그 질문에 대해서는 당장 답하기가 쉽지 않군. 그래도 분명한 것은, 내가 지금 수라종파 수라단의 단주라는 거지. 소연이가 어떤 생각을 가지고 있던, 현재 수라단의 단원인 것처럼."

적소연은 이마를 찌푸린 채 고개를 모로 꼬았다.

"뭔가 되게 복잡한 거 같아요."

"복잡할 거 없어. 내가 수라단주라는 것. 소연이가 수라단원이라는 것. 지금은 그것만 생각하면 되니까."

이마를 찌푸리고 있던 적소연이 고개를 끄덕였다. 그리고 슬쩍 사도무영에게 몸을 기대더니, 은근한 어조로, 입에서 단내를 풍기며 말했다.

"하긴 그래요. 저는 단주님이 수라단의 주인이라는 것만 생각할래요. 제가 옷을 입혀드리고, 목욕도 도와드리고, 잠잘 때도 도와드려야 하는, 석 달만 지나면 제 주인이 될 분이라는 것만요."

"소연아, 그거 말인데……. 꼭 그렇게 할 필요가 있을까? 이제 정신 단원이 되었는데 말이야."

적소연이 사도무영의 옷깃을 꽉 잡더니, 고개를 쳐들고 협박 아닌 협박을 했다.

"거절하시면…… 저 오빠 손에 죽을 거예요."

사도무영은 실눈을 뜨고 적소연을 바라보았다.

적소연은 옆 침상에서 쌔근거리며 잠들어 있었다.

오빠가 죽여주지 않으면 절벽에서 뛰어내릴 거라는 둥, 독약을 먹고 죽을 거라는 둥, 혼자 죽을 수 있는 방법을 대여섯 가지 말하더니, 눈물을 뚝뚝 떨어뜨리고 침상으로 몸을 던졌다.

그리고 머리를 이불에 처박고는 그대로 잠든 것이다.

피곤해서가 아니었다. 사도무영이 그 상태에서 수혈을 짚어 잠들게 한 것이었다.

'에혀, 그렇다고 진짜 혼인을 할 수도 없고, 노리개로 삼는다는 건 더 말도 안 되고……. 끄응…….'

사도무영은 고개를 흔들며 자리에서 일어났다.

축시가 지난 시각.

사부님과 화설 누이가 있는 곳까지 와서 편하게 잠잘 수는 없는 노릇이었다. 잠도 오지 않았고.

자신이 잘못 계산하지 않았다면, 해가 뜨기까지 두 시진쯤 남은 상태였다. 그 시간 동안 사부님이 정말 이곳에 계신지,

화설 누이가 있는지 알아볼 생각이었다.

사도무영은 적소연의 침상 옆을 지나가다가, 손을 뻗어 적소연의 머리를 쓰다듬었다.

'언제고, 바깥세상에서 행복하게 웃는 모습을 봤으면 좋으련만……. 그렇게 될 수 있기를…….'

신교의 무사 다섯이 수라종파가 기거하는 건물의 경비를 맡고 있었다.

묵천곡은 외부인이 들어올 수 없는 곳. 적의 침입 때문에 경비를 서고 있는 것이 아니었다.

태양이 뜨면 호교무장전이 시작된다. 그로 인해 아홉 종파 교도들의 신경이 극도로 날카로워진 상태. 자칫 사소한 일이 큰 싸움으로 비화될까 봐, 예방 차원에서 형식적으로 경비를 서는 것이었다.

긴장감이 없는 경비는 지루해질 수밖에 없는 일. 경비무사들은 밤이 깊어지자 지루함을 참지 못하고 동료들과 속닥거렸다.

대총회로 인해 나눌 이야기는 무궁무진했다. 밤을 새서 이야기를 나눈다 해도 못 다한 말이 있을 터였다.

사도무영은 그들이 속닥거리며 이야기를 나누는 사이, 한 줄기 바람이 되어 경비망을 빠져나갔다.

4.

 밤부엉이처럼 이슬을 맞으며 돌아다니던 사도무영은 어스름이 몰려올 무렵에야 수라종파가 머무는 곳으로 돌아왔다.
 경비무사들은 졸음을 참기 위해 하품을 해대느라 그가 건물 안으로 스며드는 것도 알지 못했다.
 유령처럼 건물로 들어선 사도무영은 곧장 자신의 방으로 향했다. 무사히 다녀왔는데도 그리 밝은 표정은 아니었다.
 두 시진 가까이 계곡의 이곳저곳을 살펴봤다. 하지만 사부와 화설 누이가 있을 만한 곳은 보이지 않았다. 가보지 못한 곳은 계곡의 끝에 있는 전각군과 동굴 내부뿐.
 계곡 끝의 전각군은 구천신교의 대교주와 주요 인사들의 거처고, 동굴 안은 들어가기도, 나오기도 쉽지 않은 곳이었다. 어느 곳이든 무작정 숨어들기에는 너무 위험했다.
 '무리할 필요 없어. 오늘 살펴본 만큼 범위가 좁혀졌다는 걸로 만족하자.'
 어차피 단숨에 찾을 수 있을 거라고는 생각지 않았다. 급하게 마음먹어서 될 일이 아니었다.
 '내일은 종리 노인이 말한 사람들이 아직도 남아있는지 알아봐야겠어.'
 현천교가 비록 변질되었지만, 아직도 과거의 대제사장을 잊지 못하는 사람이 있을지 몰랐다.

'한 사람은 있겠지.'

그때였다.

『어딜 다녀오는 길인가?』

사도무영은 갑자기 들리는 전음에 걸음을 멈췄다.

도담의 목소리 같았다.

'내가 너무 방심했나?'

사도무영은 최대한 태연히 돌아서며 담담한 어조로 답했다.

『잠도 안 오고 해서, 긴장감을 풀 겸 잠깐 바람 좀 쐬었죠.』

한 사람이 건물 입구를 돌아서 들어오더니, 기둥에 어깨를 기댄 채 나른한 표정으로 자신을 바라본다. 짐작대로 도담이었다.

『밖으로 나가지 못하게 하던데……..』

『경비무사들이 형식적으로 경비를 서고 있어서 나가는 게 별로 어렵지 않더군요.』

도담은 그 일에 대해서 더 이상 따지지 않았다.

『그래, 구경할 만하던가?』

『경치가 수라곡만 못한 것 같습니다.』

『어디까지 가봤나?』

『그리 멀리는 가지 않았습니다. 지리도 모르면서 돌아다니다가 잘못하면 말썽이 생길 수도 있지 않겠습니까?』

도담은 느릿하니 고개를 끄덕였다. 권태로운 표정을 지은 채.

바로 그때, 한 가지 사실을 눈치챈 사도무영의 표정이 미미하게 굳어졌다.

도담의 옷이 이슬에 젖어 있다. 상당한 시간을 밖에 서 있었다는 말.

왜 저자는 이슬을 맞으며 밖에 서 있었던 것일까?

혹시 자신이 나간 것을 봤던 것이 아닐까?

만일 그렇다면, 자신이 밖에서 상당한 시간을 보냈다는 걸 알 텐데, 왜 직접적으로 추궁하지 않는 걸까?

아니 추궁하기는커녕 오히려 다른 사람이 듣지 못하게 전음으로 말을 걸고 있다.

왜?

좌우간 자신이 먼저 나서서 그것에 대해 물을 이유는 없었다.

사도무영은 도담의 반응을 보기 위해 넌지시 작별을 고했다.

『더 할 이야기 없다면, 그만 들어가서 쉬어야겠습니다.』

도담이 사도무영을 붙잡았다.

『한 가지만 더. 그대는 호교무장전을 어떻게 생각하나?』

『무슨 뜻으로 묻는 겁니까?』

『총령은 그대에게 많은 기대를 걸고 있더군. 수라단을 힘으로 누른 걸로 봐선 그만한 실력도 있는 것 같고.』

『하시고자 하는 말씀이 뭔지 잘 모르겠군요.』

『사실 나는 호교무장전에 별 흥미가 없네. 그러니 자네가 내 몫까지 싸워줬으면 싶어서 말이야.』

뜻밖의 말이었다.

한편으로는 도담이 전음으로 말을 건넨 이유가 이해되었다. 도담이 하는 이야기를 감교악이 들었다면 대노했을 것이 아닌가.

결국 처음부터 대화를 전음으로 시작했다는 것은 그 이야기를 하기 위한 목적이었다는 말.

『종주님께서 들으시면 실망하실 대답이군요.』
『싸움을 싫어하는 제자에게 실망한지 오래 되셨지. 이번에는 잘해주길 바라시지만, 성격이란 게 어디 하루아침에 변하는 일인가?』

처음 볼 때부터 뭔가 어긋나 보인다 했는데, 그게 뭔지 알 것 같았다.

도담. 이자의 눈빛은 감교악과 비슷하게 보이면서도 조금 다른 면이 있었다.

치열함과 욕망의 부재(不在).

'피와 죽음을 당연시하는 수라종파의 후계자가 싸움을 싫어한다?'

거짓은 아닌 듯했다.

만일 정말이라면 소심해서 그럴 수도 있고, 피와 죽음을 본능적으로 싫어해서 그럴 수도 있고, 그도 아니면 귀찮아서 그럴 수도 있었다.

그러나 어쨌든, 둘 다 수라종파의 후계자가 지닐 성격은 아니었다.

『결국 도 공자는 뒤로 빠질 테니 저 혼자 죽어라고 싸워서 종주님을 만족시키라는 말 같은데, 그냥은 저도 싫습니다.』

『그냥은 싫다? 훗, 뭘 바라는 거라면 사람 잘못 골랐네. 나는 가진 것이 없는 사람이거든.』

『가진 것이 없다고 해서 줄 수 없는 것은 아니지요. 가령 어떤 부탁을 들어준다든가, 그도 아니면 뭘 대신 알아봐 준다든가 하는 걸로 대체할 수도 있는 일 아니겠습니까?』

도담의 권태롭게 느껴지던 눈빛에서 기광이 반짝였다.

『흠……. 그런 거라면 어떻게 해볼 수 있을지도 모르지.』

『좋습니다. 그럼 제가 손해 보는 셈치고, 도 공자 몫까지 열심히 싸워드리지요.』

도담이 고개를 모로 비틀었다.

『자네가 왜 손해 보는지 모르겠지만, 팔대무장에 들면 자네가 내 부탁을 들어준 걸로 하겠네. 그럼 그만 가서 쉬게.』

그러고는 묘한 눈빛으로 사도무영을 응시하고 몸을 돌렸다.

사도무영은 무심한 눈으로 도담의 뒷모습을 바라보았다.

'도담에 대한 것을 자세히 알아봐야겠군.'

감교악의 제자라는 것. 수라종파 제일의 기재로 교도를 통틀어 다섯 손가락 안에 들 실력을 지녔다는 것. 있는 듯 없는 듯 조용히 지내는 성격이어서 교도들조차 그에 대한 것을 많이 알지 못한다는 것. 그리고 감교악은 저리가라 할 정도로 냉혹하다는 것.

그 정도가 감평악이 도담에 대해 해준 말이었다.

한데 뭔가가 더 있을 것 같았다.

1.

 아침 식사를 마친 지 얼마 되지 않아 동굴 앞에 있는 광장으로 모이라는 연락이 왔다. 대총회에서 가장 중요한 행사의 하나인 호교무장전이 그곳에서 열리는 것이다.
 거처를 나선 사람들은 줄을 지어 동굴 앞으로 갔다. 전날 저녁과 달리 격식을 갖추지 않은 자유로운 이동이었다.
 그 덕에 사도무영은 다른 종파의 사람들을 마음 놓고 살펴볼 수 있었다.
 저만치 앞서 가는 자들은 검은 장포를 걸치고 있었는데, 그들은 구천신교에서 두 번째 강한 힘을 지닌 일양종파의 교도들이었다.

그리고 그들 옆에는 황포에 붉은 띠가 둘러진 옷을 입은 자들이 걷고 있었는데, 구천신교의 살림을 책임진 금황종파가 바로 그들이었다.

하지만 사람들에게 가장 관심을 끄는 곳은 화려한 궁장을 걸친 환희종파의 여인들이 걸어가는 곳이었다.

남자들이 대부분인 다른 종파와 달리 환희종파는 열 중 아홉이 여인들이었고, 그녀들 속에 끼어 있는 남자들도, 남자라기보다 여인에 가까운 중성이었다.

걸음걸이조차 교태가 묻어나오는 그들이 지나가자, 각 종파의 교도들이 음침한 웃음을 흘리며 음담패설을 서슴지 않았다.

"흐흐흐, 저년, 걷는 것 봐, 안으면 죽여주겠는데?"

"킬킬킬, 잘못 품었다가는 정기를 다 빼앗기고 해골만 남을 걸?"

"죽을 때 죽더라도 한 번 덮치고 싶군. 내 맛을 한 번 보면 절대 떨어지지 않으려고 할 텐데 말이야."

"환희종파에 놀러 가면 두세 계집이 알몸으로 달려든다고 하던데, 정말일까?"

"우흐흐, 보는 것만으로도 불덩이가 솟구치는군."

환희종파 교도들은 그러한 말이 들릴 때마다 엉덩이를 더욱 요란하게 흔들며 눈웃음을 쳤다.

사도무영은 그런 모습을 보고는 암울한 기분에 마음이 무거워졌다.

'악이 창궐하면 살인과 음탕함이 제일 먼저 횡행한다 했지. 저들의 모습을 보니, 구천신교가 세상에 나갔을 때 무슨 일이 벌어질지 눈에 훤하군.'

감초민이 마침, 환희종파 교도들에게 시선을 주는 사도무영을 보고는 비릿한 조소를 지었다.

"사 단주가 마음에 드는 계집이라도 있나 보군. 옆에 있는 계집도 괜찮은데 다른 계집까지 넘보다니, 욕심이 과한 거 아닌가? 그러다 제 명에 못 죽을지도 모르는데…… 어지간하면 분수를 알고 사시지?"

사도무영은 피식 웃으며 그를 쳐다보았다.

"주둥이 함부로 놀리다 터지고 나서 후회하지 말고, 입 조심해. 맞아서 병신 되면 당신만 손해니까."

"뭐, 뭐라고?"

갑작스런 말에 감초민이 황당한 표정을 지었다.

그의 곁에 있던 자들은 물론이고, 사도무영의 말을 들은 교도 대부분이 같은 표정이었다. 수라단원들이야 눈곱만큼도 이상하게 생각하지 않았지만.

그들은 오히려 속 시원하다는 듯 고개를 끄덕이기까지 했다.

사도무영은 얼굴에 떠오른 웃음을 서서히 지우고는, 나직한 목소리로 속삭이듯 말했다.

"귀가 막혔나……. 다시 말해줘? 병신 되기 싫으면 입 다물고 조용히 있어. 나도 마냥 속 좋은 놈은 아니어서, 밑에서 기어오르면 참지 못하거든."

감초민이 아무리 종주와 가까운 사이라 해도 엄연히 서열에서 사도무영 아래였다.

그는 차마 발작하지 못하고 얼굴이 벌게진 채 숨만 씩씩댔다.

'이 개자식이!'

"왜, 욕하고 싶어? 그럼 해 봐. 단, 그 다음 일은 그대가 다 책임져야 할 걸? 상관모독죄에 어떤 처벌이 내려지는지 알지? 지금까지는 봐주었지만, 이제부턴 안 돼. 사람들이 우리 수라종파를 우습게 보는 건 참을 수 없거든."

감평악이 슬쩍 사도무영의 손을 들어주었다.

"추민, 사 단주의 말이 옳다. 위계를 무시하면 나부터도 용서하지 않을 것이다."

감초민은 감평악까지 나서서 자신을 나무라자, 혈수라당의 당주이며 자신의 부친인 감중악을 바라보았다.

감중악은 감평악이 못마땅했지만, 그 일에 대해서만큼은 할 말이 없었다. 사도무영이 감초민보다 상위 서열인 것만큼은 분명한 사실이 아닌가 말이다.

'혹시 저 너구리가 나를 견제하기 위해서 저놈을 끌어들인 건 아닐까? 어쩐지 외인을 너무 쉽게 받아들이고 수라단을 맡

긴다 했더니…….'
 서열은 감평악이 위여도, 세력에선 자신이 앞서 있었다. 종주인 감교악이 그걸 바라고 적당히 갈라놓았기 때문이다.
 그 상태에서 이인자의 자리를 놓고 지난 십여 년간 암중으로 힘겨루기를 해온 터였다.
 그런데 팽팽한 상황에서 수라단이 감평악의 손발이 됨으로써 문제가 복잡해졌다. 비록 수라마단을 이용해 비정상적으로 강해진 자들이고 그 숫자가 적긴 하지만, 그들의 무력은 결코 무시할 수 있는 게 아니었다.
 '훗, 중악, 네가 현천교에 빌붙어서 엉뚱한 생각을 하고 있다는 걸 내가 모를 줄 알았더냐?'
 감평악은 속으로 감중악을 비웃었다.
 틈만 나면 자신의 의견에 반기를 들던 감중악이다. 전에는 힘에서 밀려 참아야만 했다. 그러나 수라단이 자신의 수중에 들어온 이상 그럴 이유가 없었다.
 '종주 형님의 손발을 하나씩 잘라낼 것이다. 그리고 너도. 중악, 조금만 기다려라. 후후후후…….'
 그때 사도무영이 신경 쓸 것 없다는 투로 말했다.
 "가시죠, 총령. 종주님과 거리가 너무 벌어졌습니다."
 "음? 그렇군. 가세."
 사도무영은 감평악을 따라가며, 조소를 띤 얼굴로 감중악을 바라보았다.

호교무장전(護教武將戰)은 시작되고

"자식을 오래 살게 하고 싶으면, 말을 조심하게 하쇼. 잘못하면 귀신도 모르게 죽는 수가 있으니까."

감중악의 얼굴도 벌게졌다.

'이 쌍놈의 자식이 어디서!'

수라단주와 삼당의 당주는 서열이 같다. 그 말만 가지고는 죄를 물을 수 없다.

놈은 그걸 알고서 하는 말이었다.

'귀신도 모르게 죽는 수가 있다고 했지? 이놈! 어디 누가 죽는가 보자!'

감중악은 속으로 이를 갈며 사도무영의 뒤통수를 노려보았다.

사도무영은 뒤통수가 따가웠지만, 그걸 각오하고 한 말이었기에 오히려 감중악의 반응이 반가웠다.

'몰래 죽이고 싶겠지? 제발 좀 그렇게 해 봐라. 그래야 그만큼 내가 하려는 일도 쉬워질 테니까.'

감평악을 따라가는 사도무영의 눈빛이 차갑게 가라앉았다.

머릿속에서 하나의 그림이 그려지기 시작했다. 지금은 점을 하나 찍은 것에 불과했다. 그 점이 어디로 튈지 그것도 몰랐다.

하지만 시간이 흐르면 선이 그어지고, 그림이 윤곽을 드러내기 시작할 것이다.

'그 그림을 그리기 위해선 많은 피가 필요하겠지?'

마음이 무거워졌다.

피를 본다는 것은 두렵지 않았다. 정작 그가 두려운 것은, 그 피에 자신과 가까운 사람들의 피가 얼마나 섞일 것인지, 그걸 모른다는 것이었다.

동굴 앞 광장 중앙에는 어느새 만들었는지, 좌우 십 장 넓이에 높이 다섯 자 가량 되는 비무대가 놓여 있었다. 아마도 미리 만들어 두었다가 밤에 조립한 듯했다.

사도무영은 비무대 건너편을 바라보았다.

건너편에는 대교주와 여덟 종파의 종주들이 호법, 장로들에 둘러싸인 채 앉아 있었다.

그리고 현유와 그의 사형제로 보이는 자들도 있었다. 한 사람은 서른두어 살 정도 되어 보였고, 한 사람은 서른 중반은 된 듯했다.

문득 궁금해졌다.

잠시 후면 호교무장전을 치르기 위해 비무대에 올라가야 한다. 과연 현유가 자신을 알아볼 수 있을까?

과거와는 많은 것이 달라져 있었다. 자신조차 물에 비친 얼굴을 보고 남이 물속에 있는 것이 아닌가 생각할 정도였다.

특히, 자세히 보면 눈동자에 보일 듯 말 듯 푸른 기가 서려 있어서 오래 볼수록 더 달라 보였다.

더구나 당시의 자신은 쫓기던 중이었다. 그때 잠깐 마주친 현유가 지금의 자신을 알아본다는 건 일 푼의 확률도 되지 않았다.

그러나 알아본다는 것도 완전히 배제할 수는 없는 일. 알아볼 경우를 대비해 할 말도 구상해 놓았다.

사도무영이 현유를 쳐다보며 이런저런 생각을 하는데, 북궁마야 우측에 앉아 있던 묵포노인이 일어나 비무대 위로 올라왔다.

현천교의 팔대장로 중 하나인 홍노민이었다.

그의 손에는 사십여 개의 화살이 든 전통(箭筒)이 들려 있었다.

전통을 옆에 내려놓은 그가 전면과 좌우에 둘러선 사람들을 쳐다보며 소리쳤다.

"호교무장전에 나설 각 종파의 대표들은 모두 비무대 위로 올라오도록 하시오!"

비무대에 올라온 사람은 모두 사십일 명이었다.

아홉 종파니 당연히 사십오 명이 되어야 하는데, 네 사람이 부족했다. 환희종파에서 한 사람만 나온 것이다. 한데도 사람들은 별반 이상하게 생각하지 않았다. 전에도 그랬던 것처럼.

사십일 명 중 여인은 셋. 나머지는 모두 남자였다. 반수 이상이 삼십 대 초중반의 나이였고, 십여 명이 이십 대 후반, 대여섯 명이 이십 대 중반 이하였다.

스물한두 살은 되어 보이는데도 사도무영이 그들 중 제일 어리게 보였다. 비슷한 사람은 오직 하나, 흰희교의 여자뿐. 그나마 그녀는 눈 밑을 면사로 가리고 있어서 정확한 나이를 알 수가 없었다.

북궁마야의 아들이자, 첫째 제자인 북궁조는 올라오지 않았다. 조금 의외긴 하지만 이해 못할 일도 아니었다.

그러나 그는 구천신교의 구천총령이라는 지위가 있는 만큼, 호교무장전에 나설 이유가 없는 것이다.

그렇게 호교무장전에 출전할 사람이 모두 올라오자, 비무를 주관하는 홍포노인이 옆에 있는 전통에서 화살 네 개를 추려 냈다.

본래 마흔다섯 개의 화살이 있던 전통에 마흔한 개의 화살만이 남았다.

한 걸음 옆으로 물러선 그가 전통을 가리키며 말했다.

"오른쪽에 서 있는 사람부터 앞으로 나와서 화살을 하나씩 뽑으시오."

호교무장전의 출전자들이 한 사람씩 앞으로 나와 화살을 뽑았다.

사도무영은 열일곱 번째로 뽑았는데, 화살촉에 청색이 칠해져 있었다.

그 다음으로 뽑은 환희종파의 여자도 청색을 뽑았다.

화살촉을 본 여인의 눈가에 웃음이 떠올랐다. 고혹적인 웃음이었다. 환희종파의 여인이라는 선입견이 없었다면 감탄이 절로 터져 나왔을 만큼 아름다운 웃음.

스치듯 눈이 마주치자, 여인은 바로 웃음을 지웠다.

사도무영이 그 웃음의 의미를 아는 데는 오랜 시간이 필요치 않았다. 출전자들이 화살을 다 뽑아 들고 제자리로 돌아가자 홍노민이 말했다.

"홍시(紅矢)를 뽑은 사람이 먼저 일차전을 치러 승자를 가려낼 것이다. 나머지 청시(靑矢)를 뽑은 사람은 대기하도록."

홍시가 열여덟 개. 청시가 스물세 개.

홍시를 뽑은 사람끼리 일차전을 겨뤄서 아홉 명을 뽑으면 모두 서른두 명이 된다. 그래야 마지막까지 아귀가 맞는다.

결국 청시는 일차전을 부전승으로 올라가는 행운의 화살이었던 것이다.

사도무영이 비무대를 내려가는데 도담이 보였다. 그는 구겨진 표정을 짓고 있었는데, 손에는 홍시가 들려 있었다.

'피하려 하면 더 말려드는 게 인생일지니……'

사도무영은 마치 도사가 된 것처럼 속으로 중얼거리며 비무대를 내려왔다. 왠지 모르게 고소한 마음이 들었다.

'크크크, 설마 처음부터 지려고 하지는 않겠지?'

사도무영은 비무대 밑으로 내려와 청시를 뽑은 사람들과 나란히 섰다.

그때 문득, 자신을 향한 눈길이 느껴졌다.

사도무영은 자연스럽게 눈을 돌려 옆을 바라보았다.

순간 환희종파의 여자와 눈이 마주쳤다.

기이한 눈빛.

눈이 마주치자 속이 타는 기분이 들었다.

'마녀……'

『당신은 다른 사람과 다르군요.』

갑자기 전음이 귓속으로 스며들었다. 환희종파 여자의 목소리였는데, 타는 것 같던 속이 시원해질 만큼 맑은 목소리였다.

『뭐가 다르단 말입니까?』

『다른 사람은 제 눈과 마주치면 모두 한 가지 생각만 해요. 그런데 당신은 그러지 않았어요.』

『무슨 생각 말입니까?』

『욕망……. 저를 범하고 싶다는…….』

여인의 눈가에 붉은 기운이 떠올랐다. 자신의 입으로 말하고도 부끄러움을 느낀 듯했다.

사도무영은 차가운 어조로 대꾸했다.

『나는 알지도 못하는 여인을 탐할 만큼 파렴치한이 아닙니다.』

『그래서 다르다는 거예요. 이곳에선 그게 당연한 일이니까요.』

『그렇게 말하자면, 당신도 다른 환희종파 여인들과는 다른 것 같습니다만.』
 여인은 아무런 답도 하지 않았다.
 슬며시 고개를 돌리는데, 의미를 알 수 없는 기이한 눈빛이 잘게 흔들리고 있었다.
 '뭐지? 이 여자…… 마녀가 아니었나? 아니면 저것도 나를 홀리기 위한 수작……?'
 사도무영은 혼란스러워진 감정을 다급히 추슬렀다.
 중요한 것은 여인이 환희종파의 교도라는 것이었다. 그것도 환희종파를 대표하는 여자. 지금은 그것만 생각하면 되었다.
 '후우, 여인의 몇 마디에 마음이 흔들리다니. 내가 약한 건지, 아니면 저 여인이 대단한 건지 모르겠군.'
 다행히 여인은 더 이상 전음을 보내지 않았다.
 사도무영은 완전히 마음을 가라앉히고 비무대 위를 쳐다보았다. 첫 번째 비무가 벌어지기 직전이었다.
 "일양종파의 기철교와 화화종파의 아추림은 비무대 위로 올라오시오!"

2.

 비무는 승자를 가려내며 계속 이어졌다.
 도담은 일곱 번째 순서로 비무대에 올라왔다. 상대는 수밀종파의 제자였는데 결코 도담의 상대가 아니었다.

그는 이십칠 초 만에 수밀종파 제자의 어깨에 검을 꽂고 일차전을 승리로 장식했다.

사실 십 초면 끝낼 수 있을 만큼 도담이 월등하게 앞선 실력이었다. 그럼에도 도담은 이십여 초를 더 끌고 갔는데, 사도무영의 눈에는 도담의 그 행동이 자신을 낮추기 위한 것으로밖에 안 보였다.

'하여간 어떻게든 빠지려고 잔머리를 쓰는군.'

첫 날은 그렇게 일차전을 구경하는 것으로 끝이 났다.

그래도 소득이 없는 것은 아니었다.

일차전을 치르는 열여덟 사람 속에는 각 종파의 사람들이 골고루 섞여 있었다. 그들의 무공을 미리 견식할 수 있었다는 것만으로도, 구천신교 각 종파의 무공을 파악하는데 적잖은 도움이 된 것이다.

게다가 도담을 비롯한 두세 명은 능히 팔대무장에 들어갈 수 있을 만한 실력자들이었다. 그들에 대한 것을 조금이라도 안 것 역시 상당한 소득이었다.

3.

"우리 단주님은 운도 좋다니까."

"어떤 놈이든 우리 단주님과 붙었으면 개박살 났을 텐데 말이야."

"단주님이 어떤 놈이든 반쯤 죽여 놓는 걸 보고 싶었는데……."

거처로 돌아오자 수라단원들이 사도무영의 행운에 대해 이런 말을 해댔다.

어떻게 들으면 축하를 해주는 것처럼 들리기도 했고, 또 어떻게 들으면, 사도무영이 행운을 얻은 것에 약이 오른 것처럼 들리기도 했다.

사도무영이 그들을 둘러보며 넌지시 말했다.

"개박살 내는 게 아니라, 개박살 났으면 하는 마음이었겠지."

"음하하, 그럴 리가요? 어디 단주님이 그딴 것들에게 질노…… 분입니까?"

"그럼! 그런 시시한 것들은 단주님의 상대가 아니지. 뭐 두어 명은 제법 강하더라만……."

"호호호호, 단주님. 오늘은 내일을 위해서 저랑 함께 주무시지 않겠어요? 제가 허리근육을 시원하게 풀어드릴게요."

"싫어. 나는 미고의 다리에 감겨서 허리가 부러져 죽고 싶지 않아."

"어머, 그런 건 어떻게 알았어요? 소연이가 알려줬어요? 아니지, 소연이하고 많이 하다 보니까 저절로 아신 거구나."

"하긴 뭘 해? 시끄럽게 굴 거면 다 돌아가."

"어머, 호호호호, 부끄러우신 거예요? 아이, 뭐 그런 걸 부끄러워하세요. 남자하고 여자하고 그 짓하는 건 어쩔 수 없는 하늘의 섭리인데요."

"후우, 미고, 나는 도대체 네가 수라종파의 교도인지, 환희종파의 교도인지 당최 모르겠다."

"단주님! 어떻게 저를 그런 저급한 애들과 비교하시는 거예요!"

미고가 허리에 양손을 얹고 버럭 소리를 질렀다.

하지만 사도무영은 뒤로 물러나지 않았다. 오히려 고개를 앞으로 쑥 빼고, 미고를 똑바로 바라보며 말했다.

"환희종파의 교도들도 미고처럼 그런 말을 대놓고 하지는 않아. 그리고 그런 말을 하면서 얼굴이라도 붉혀. 그런데 미고는 얼굴색도 변하지 않잖아."

"쳇! 그래도 저는 마음에 드는 사람에게만 그런 말을 한다구요. 아무에게나 꼬리를 쳐대는 그런 여우와는 엄연히 다르단 말이에요!"

"좌우간! 앞으로는 내 앞에서 그런 말을 할 때마다 환희종파의 교도들과 똑같이 생각할 거야. 그러니 그런 말 듣기 싫으면 앞으로 입 좀 조심해. 알았어?"

사도무영이 전과 달리 제법 강하게 나가자, 미고가 싱긋 웃으며 작전을 바꾸었다.

호교무장전(護教武將戰)은 시작되고

"단주님이 하룻밤만 같이 자준다면 그렇게 할게요."
'으이그…….'
교상이 두 사람의 말다툼을 지켜보다 넌지시 끼어들었다.
"저도요……."
퍽!
그러다 결국 막도에게 뒤통수를 얻어맞고 기절해 버렸다.
　막도는 일수로 교상의 입을 막고는, 교상과 철천지원수라도 되는 양 넌지시 제의했다.
"이 남색 새끼, 저번에 죽여 버렸어야 하는데, 살려두니 계속 미친 소리를 지껄이는 겁니다요. 단주, 이번에 목을 잘라버리죠."
　사도무영은 척, 손을 들어 올렸다. 그리고 방문을 가리켰다.
"다 각자의 방으로 돌아가도록. 만일 다섯을 셀 때까지 남아 있는 사람이 있으면, 그 사람을 오늘밤 내 연습상대로 쓸 거야. 하나……. 둘……."
　다섯은커녕 셋을 셀 필요도 없었다.
　우당탕! 덜컹!
　적도광과 적소연을 뺀 열여섯 중 일곱은 방문으로 나가고, 다섯은 동쪽 창문으로, 넷은 서쪽 창문으로 나갔다. 방문이나 창문이 부서지지 않은 게 다행이었다.
　남은 사람은 적도광과 적소연뿐.
　사도무영은 고개를 설레설레 젓고는, 적도광을 뚫어지게 바라보았다.
 "다 나가라고 했는데, 적 형은 왜 안 나가는 거요?"
 "그게……."
 생각지도 못한 듯 적도광이 머뭇거리자, 적소연이 재빨리 끼어들었다.
 "아직 셋도 세지 않았잖아요."
 사도무영이 손을 뻗더니, 적소연의 머리카락을 마구 흐트러뜨렸다.
 "네가 그러면 재미없잖아, 임마. 얼음덩이 같은 적 형이 당황하는 모습을 보고 싶었는데."
 적소연이 흐트러진 머리를 매만지며 실실 웃었다.
 "헤헤헤……. 오빠는 그 정도에 꿈쩍도 안 할 걸요?"
 적도광은 그 모습을 보며 묘한 기분이 들었다.
 동생의 웃음이 전과 다르게 느껴졌다.
 전처럼 마지못해 짓는 공허한 웃음이 아니었다. 사소한 기쁨에 짓는 일반적인 웃음도 아니었다.
 영혼의 울림이 느껴지는 행복한 웃음.
 동생의 몸과 마음이 모두 웃고 있었다.
 비록 작게 헤헤거리는 웃음일지라도.
 '소연아…….'
 얼음처럼 차갑게 굳었던 가슴에 싸한 느낌이 드는가 싶더니, 눈두덩이 찡해졌다.

처음으로 느껴보는 기이한 감정에 적도광은 당황하며 자리에서 일어났다.
"그만 제 방으로 가보겠습니다."
"어? 적 형에게 할 이야기가 있는데……."
"잠시 후에 다시 오겠습니다. 잠깐 할 일이 있어서……."
"할 일이 있다면야……. 알았습니다. 그럼 식사하고 오십시오."
적도광은 억지 핑계를 대고 몸을 돌렸다.
더 머뭇거리면 눈가에 물기가 고일 것 같았다.
심장에 뭉쳐 있는 소리가 입 밖으로 튀어나올 것 같았다.
'고맙소, 단주.'

4.

그날 밤.
사도무영은 옷을 바꿔 입고 거처를 나섰다.
적소연의 수혈은 짚지 않았다. 대신 상대 중 하나가 마음에 걸리는데, 그자에 대한 걸 알아본다는 핑계를 댔다. 그러니 혹시라도 누가 찾으면 바람 쐬러 나갔다고 둘러대라고 했다.
사도무영의 안전을 위해서라면 자신이 직접 나설 정도의 각오가 되어 있는 적소연이다. 당연히 찬성했다.

거기다 더해, 정 안 되겠으면 몰래 죽이고 오라는, 생각지도 못한 무시무시한 주문까지 했다.
 거처를 빠져나온 사도무영은 그녀의 말을 떠올리며 속으로 한숨을 쉬었다.
 '후우, 여자가 더 무섭다니까.'
 그리고 이불을 찢어 만든 두건으로 얼굴을 가렸다.
 이제부터 가려는 곳은 자신조차 안전을 장담할 수 없는 곳. 뭐든 알려져서 좋을 게 없었다.

 대교주와 주요 인사들이 사는 묵원(默院)은 계곡의 가장 안쪽, 약간 높은 곳에 지어져 있었다.
 이층과 삼층으로 지어진 건물은 모두 아홉 채였는데, 그 안에 사는 사람만도 족히 이백 명은 된다고 했다.
 사도무영은 일단 외곽의 구석진 곳에 몸을 감추고 안쪽의 동정을 살폈다.
 회천선기를 극성으로 끌어올리고 관조(觀照)하자, 일대 삼십여 장의 움직임이 모두 느껴졌다.
 사람들의 숨소리와 움직임은 물론이고, 심지어 바람이 흐르는 것까지.
 그렇게 일각 가량 동정을 살핀 그는 좀 더 안쪽으로 들어갔다. 이미 삼십여 장 안의 상황을 다 살펴본 터라, 경비들이나 오가는 사람들의 눈을 피하는 것은 어렵지 않았다.

사도무영은 중심부의 전각 처마 밑에 몸을 숨기고 또 한 번 주위를 관조했다.

망혼진인의 기운은 회천도기. 구천신교 아홉 종파의 기운과는 판이했다. 있기만 하다면 찾아낼 수 있을 터였다.

그러나 시간이 지날수록 사도무영의 얼굴은 점점 더 어두워지기만 했다.

반 시진 동안 살펴봤지만, 어디에서도 망혼진인의 기운은 느껴지지 않는 것이다.

'사부님의 기운이 느껴지지 않아. 어디에 계신 거지?'

자신이 잘못 안 것이 아닐까? 사부님은 여기에 오지 않았는데, 청성산 동굴의 글만 보고 자신이 지레짐작한 것이 아닐까? 그럴 가능성도 없지 않았다.

하지만 그렇다면 어디로 갔단 말인가?

구화산으로 돌아오지 않고, 이 년 동안 세상을 떠돌 이유가 없지 않은가 말이다. 제자가 어떻게 되었는지 궁금해서라도 달려왔을 것이거늘.

더구나 그의 예감은 아직까지도 사부가 이 안에 있다고 속삭이고 있었다.

혹시……. 혹시 돌아가시기라도…….

몸이 돌덩이처럼 굳었다.

'그래……. 그럴지도 몰라.'

갑자기 눈물이 나오려고 했다.

지금까지 그런 생각을 전혀 안 해본 것은 아니었다. 하지만 절대 그럴 리 없다고 스스로에게 최면을 걸고, 그러한 생각 자체를 부정했다.

그런데 묵천곡 내부를 살펴보고도 흔적조차 찾을 수 없자, 자꾸만 그럴지 모른다는 생각이 들었다.

'아냐! 아직, 아직 남은 곳이 있잖아? 실망하지 마라, 사도무영아! 아직 조사해보지 않은 곳이 남아 있으니까!'

사도무영은 이를 악물었다.

사부의 죽음을 인정할 수 없었다. 묵천곡에서 사부의 흔적을 찾지 못했지만, 그렇다고 죽음을 확인한 것도 아니었다. 아직은 반반의 확률인 것이다.

그는 마지막으로 혈천벽을 조사해 보기로 했다.

절벽의 동굴에 몰래 숨어들어간다는 것이 쉽지 않다는 것을 모르진 않았다. 하지만 완전히 불가능한 것도 아니었다.

'그 정도 규모의 동굴이라면 입구가 하나만 있는 것은 아닐 것이다. 입구를 통과할 적당한 사유만 있다면…….'

바로 그때, 누군가가 전각의 처마 밑으로 다가왔다. 경비무사인 듯했다.

그를 본 사도무영의 두 눈에서 한광이 반짝였다.

그는 회천선기로 주위를 살펴보고는, 아무도 없다는 확신이 들자 지풍을 날려 경비무사를 기절시켰다. 그리고 재빨리 내려가서 경비무사의 몸을 들고, 다시 처마 밑의 공간으로 되돌아왔다.
 회천무벽으로 일 장 주위를 철저히 감싼 사도무영은 경비무사의 혼혈을 풀어주었다.
 경비무사는 몸을 버둥거리며 눈알을 좌우로 굴렸다.
 현천교에서 경비무사의 납치라니.
 생각할 수도 없는 일을 겪은 그는 정신을 차릴 수 없을 만큼 당황했다. 그러다 사도무영과 눈이 마주치자 몸을 덜덜 떨었다. 완전한 묵색으로 물든 눈동자가 그의 혼을 짓누른 것이다.
 사도무영은 현천수호령을 끌어올리고 경비무사를 노려보았다.
 대교주의 무공을 견제할 수 있는 현천수호령이라면, 눈빛만으로도 일반 교도에게 적잖은 효과가 있을 거라 생각한 것이다.
 아니나 다를까, 경비무사의 눈에서 곧 공포와 순종의 빛이 떠올랐다.
 사도무영은 현천수호령의 기운으로 경비무사의 혼을 마저 흔들어 놓고, 목소리를 낮게 깔았다.
 "내가 묻는 말에 제대로 대답하면 살려주지. 하지만 대답하지 않으면, 그때마다 팔다리가 하나씩 부러지고, 결국 처참하게 죽어갈 것이다. 혹시라도 네가 대답한 것에 대해서 다른 누가 알까봐 염려된다면, 걱정할 것 없다. 나 이외의 다른 사람에게는 아무 소용도 없는 정보여서 어차피 알려지지 않을 테니까."

그러고는 진기를 집어넣어서 고통이 심하게 느껴지는 부분을 지그시 비틀었다.

구화산에서 고통이라면 지겨울 정도로 겪은 그다. 어디가 얼마나 아픈지 누구보다 잘 알고 있었다.

경비무사는 입을 딱 벌리고, 중풍이라도 걸린 사람처럼 몸을 부들부들 떨며 땀을 쏟아냈다. 그러더니 사도무영이 진기를 회수하고 아혈을 풀어주자마자 간절한 표정으로 다급히 물었다.

"뭐, 뭐, 뭘 알고 싶으신 겁니까요?"
"그대가 여기에서 경비무사로 살아온 건 얼마나 되지?"
"오, 오 년입니다."
"이 년 전에 혹시……. 이렇게 생긴 노인이……."
사도무영은 망혼진인의 차림새를 설명하고는, 본 적이 있냐고 물었다.

경비무사는 고개를 저었다.
"그런 늙은이는 본 적이 없습니다요."

묵천곡의 경비만 오 년을 본 사람이다. 모르는 사람이 있다면 그게 이상할 정도다. 한데 그런 사람이 사부를 본 적이 없다고 한다.

사도무영은 안도와 의혹을 동시에 느끼며 곤혹한 표정을 지었다.

'이곳에 들어오지 않았나? 그럼 대체 어딜 가신 거지?'

한참을 생각하던 사도무영은 일단 질문을 돌렸다.

"이삼 년 전에 현유가 한 여인을 데려왔을 것이다. 그 여인이 어디 있는지 아느냐?"

"어떤 여인을 말하는 것인지……. 삼공자께서 여인을 네 명이나 데려왔는데……."

"과거 현천교 대제사장의 손녀였던 여인을 말하는 거다."

경비무사의 안색이 회칠이라도 한 것처럼 하얗게 굳어졌다.

"그, 그분은 왜……."

"어디에 있는지만 말해라."

"그분은…… 삼공자님의 거처에 있습니다요."

사도무영은 가슴이 칼로 도려내지는 기분이었다.

손발이 잘게 떨리고 목구멍이 콱 막혔다.

거처에 있다 했다. 그가 아무리 여인에 대한 걸 잘 모른다지만, 그 말이 무엇을 의미하는지조차 모를 정도로 둔하지 않았다.

'결국 그렇게 된 건가?'

그럴지 모른다 생각했었다. 한편으로는 그런 일이 없기만을 바랐다. 그런데 모든 바람이 공염불이 되어버렸다.

'화설 누이……. 정녕 그대를 잊어야 한단 말이오? 아니오, 아니오! 나는 그대를 잊을 수 없소!'

사도무영은 고개를 세차게 저으며 그 사실을 부정했다.

"다시 묻겠다. 정말 그녀가 현유의 거처에 있단 말이냐?"

목소리에서 기이한 기운이 일렁이며 경비무사를 압박했다. 그 모습이 어찌나 무섭게 보였는지, 경비무사는 턱을 덜덜 떨며 대답했다.

"예, 나리……. 저, 정말입니다요. 이곳에 온 이후 한 발자국도 그곳을 떠나지 않았습니다. 제 말을…… 믿어주십시오!"

제길! 제기랄!

이럴 수는 없어!

사도무영은 이를 악물고 터질 것 같은 마음을 다스렸다.

자칫하면 소리가 빠져나가지 못하도록 쳐놓은 회천무벽이 뚫리는 게 문제가 아니라, 자신의 기운에 건물이 무너질지 몰랐다.

들끓는 혼돈의 감정대로라면, 한바탕 난리라도 치고 싶었다.

눈앞에 거치적거리는 것을 모두 제거하고, 조화설을 만나 묻고 싶었다.

그를 좋아하냐고. 나를 기억하냐고!

'젠장!'

하지만 그래선 안 된다는 걸 자신이 누구보다 잘 알았다.

위험한 것은 문제가 되지 않았다. 적들에게 둘러싸이면 죽을지 모른다는 것도, 이 순간만큼은 아무런 걱정이 되지 않았다.

그의 행동을 막는 것은 오직 하나.

자신이 그리 하면 화설 누이만 힘들어진다는 사실이다. 그날 봤던 대로라면, 현유는 화설 누이를 끊임없이 괴롭히고도 남을 자가 아니던가.

'결국 이렇게 되고 마는 건가?'

하긴 이 년이 넘게 흘렀다. 자신만 괴롭고 안타까울 뿐, 다른 사람들은 누구라도 당연히 생각할 일이었다.

사도무영은 옷 위로 현천수호령주를 매만졌다. 구슬을 쓸어만지는 손가락이 잘게 떨렸다.

'화설 누이, 이제 남은 것은 이것과 반지뿐이군요. 본래는 돌려주려고 했는데, 그러지 않을 생각입니다. 이것마저 돌려주면 화설 누이를 잊을까 봐 두렵거든요.'

현천수호령주를 만지며 겨우 마음을 다스린 사도무영은 경비무사를 바라보았다.

그러고는 마지막이라는 심정으로 다시 한 번 물었다.

"혹시나 해서 묻는 건데, 이 년 전쯤에 외부인이 들어온 적은 없느냐? 그것도 노인이 말이야."

"이 년 전쯤 들어온 외부인이라면……. 이, 있습니다요. 예, 분명히 있습니다요. 그 사람도 노인입죠."

"어떻게 생긴 사람이지?"

"키가 작았는데…… 약초꾼이었지요."

사도무영의 눈빛이 다시 반짝였다.

사부도 키가 작았다. 약초꾼이라는 게 마음에 걸렸지만, 그 정도는 얼마든지 변장했을 가능성도 있었다.
　"지금도 살아 있느냐?"
　"약을 제법 잘 만들어서 제약당에 있는 걸로 알고 있습니다."
　제약당이라면 이 안에 있을 것이다. 그런데 분명히 사부의 진기가 안에서 느껴지지 않았었다.
　'사부님이 아니신가 보군.'
　사도무영은 실망했지만, 지푸라기라도 잡고 싶은 심정으로 물었다.
　"제약당은 어느 건물에 있지?"
　"이곳이 아니라, 혈천벽 안에 있습죠."
　혈천벽(血天壁)!
　동굴이 있는 절벽이 붉은 바위여서 그리 부른다 했다. 그렇다면 제약당이 절벽의 동굴 안쪽에 있다는 말.
　사도무영의 눈빛에 다시 희망이 떠올랐다.
　그가 확인을 위해 물었다.
　"대총회가 벌어진 곳 말인가?"
　"그곳은 묵천동인데……. 혈천벽 안에 있는 많은 동굴 중 가장 큰 곳입죠."
　"그럼 제약당으로 바로 가려면 어떻게 해야 하지? 묵천동과 연결되어 있느냐?"

"연결이야 되어 있습니다만…… 묵천동 옆에 입구가 따로 있습니다."

자포자기한 듯 경비무사는 순순히 다 말했다.

아니면 알아봐야 네가 어쩔 거냐는 마음에 일단 고통부터 피하자는 생각이었을지도 모르고.

하지만 묵천동의 입구든 따로 있는 입구든, 사도무영이 들어가기 어려운 것은 매한가지였다.

"그곳에 몰래 들어갈 비밀 출입구 같은 건 없느냐?"

"어, 없습니다요. 있어도 저 같은 말단이 어찌 알겠습니까요."

경비무사의 말도 일리가 있었다. 말 그대로 비밀 출입구인데 말단 무사들까지 전부 알면 그게 어디 비밀 출입구인가?

"그럼 혈천벽에 들어갈 수 있는 방법을 말해봐라. 뭐든지."

"그, 그게…… 각 종파의 종주님이나 장로님들이라면…… 허락이 떨어질지도……."

5.

사도무영은 창문을 통해 소리 없이 방 안으로 들어갔다.

의자에 앉아 꾸벅꾸벅 졸고 있는 적수연이 보였다.

자정이 지난 지 오래인데 아직도 의자에 앉아 있는 걸 보면,

처음부터 그러고 있었던 것 같다.

사도무영은 조용히 미소 지으며 두건을 벗어 탁자 위에 던졌다.

적소연이 움찔하며 눈을 반쯤 뜨더니, 잔뜩 졸린 목소리로 버릇처럼 말했다.

"아응……. 단주님은 잠깐 앞에 바람 쐬러 가셨어요……. 조금 있으면 오실 것……."

그러더니 다시 고개를 끄덕이며 졸았다.

피식, 싱거운 웃음을 흘린 사도무영이 탁자를 툭툭 쳤다.

깜짝 놀란 적소연이 벌떡 일어났다.

"어머!"

두리번거리던 그녀는 바로 뒤에 사도무영이 있는 걸 보고 획 몸을 돌렸다. 그러고는 생각하고 자시고 할 것도 없이 가슴으로 뛰어들었다.

키가 워낙 차이나서 머리가 부딪친 곳은 가슴이 아니라 배였지만.

"깜짝 놀랐잖아요."

엉겁결에 적소연을 안은 사도무영은 그녀의 머리를 마구 헤집으며 짐짓 노한 목소리로 말했다.

"잘할 수 있다고 해서 맡겨놓았는데, 졸기만 하다니. 아무래도 혼이 나야겠군."

"헤에……. 죄송해요, 단주님. 그래도 찾아온 사람들을 세 번이나 돌려보냈다구요."

"그래? 누가 왔었지?"

"단주님이 나가신 지 얼만 안 돼 총령께서 오셨고, 그 뒤에 종주님의 제자이신 도 공자께서 오셨었어요. 그리고 바로 조금 전에는……. 음……. 누군지 모르는데, 제가 그냥 돌려보냈어요."

돌려보내긴! 여기 있는데!

사도무영은 쓴웃음을 지으며 적소연을 떼어놓았다.

"잘했다. 이제 그만 진짜 자라."

"예, 단주님."

적소연은 기다렸다는 듯 대답을 하고는 침상으로 갔다. 사도무영의 침상으로.

"거기가 아니라, 저쪽이다."

"에헤헤, 졸려서……."

1.

 호교무장전 이차전이 열리는 날의 분위기는 전날과 또 달랐다.
 이제 한 번만 이겨도 바로 십육위장에 임명된다. 그리고 한 번 더 이기면 팔대무장에 들고, 사대천강에 도전할 수 있는 자격이 주어진다.
 한 번만 이겨도, 구천신교의 간부직에 오를 자격이 생기는 것이다.

 쾅!
 "크윽!"

폭음에 가까운 굉음과 함께 한 사람이 신음을 흘리며 뒤로 물러났다.
그 즉시 한쪽에 서 있던 홍포노인이 손을 들어 올렸다.
"금황종파의 위척숭 승!"
와아아아!
금황종파의 무리들은 환호를 터트리고, 패자 쪽인 목령종파 교도들은 아쉬운 표정을 지었다.
위척숭은 만면에 웃음을 지은 채, 두 손을 합장하고 가슴으로 올리며 고개를 숙였다.
"감사합니다, 장로!"
패자인 목령종파의 목인창이 먼저, 일그러진 얼굴로 고개를 숙이고 비무대를 내려갔다.
위척숭이 그 뒤를 따라 고개를 뻣뻣이 들고 비무대를 내려가자, 홍포노인이 다음 순서의 비무자를 불렀다.
"신월교의 종우도와 수라종파의 사영!"
사도무영은 계단을 밟고 비무대 위로 올라갔다.
그때 종우도가 칠팔 장의 거리를 단숨에 날아서 비무대 위에 내려섰다.
나름 멋지게 펼친 신법에 구천신교의 교도들이 환호로 답해주었다.
"멋진 비월등공이군!"
"수라종파의 애송이 정도는 간단하게 처리하겠어!"

"쉽지 않겠는데? 나이는 어려도 키가 상당히 큰 걸?"
"저 정도 키야 발로 밟아버려서 머리를 쑥 집어넣으면 돼!"
반면 수라종파 쪽은 조용했다.
수라단주 사영에 대해 자세히 아는 사람이라곤 수라단원들 외에 감평악 뿐이었다.
심지어 종주인 감교악도 말만 들었을 뿐 진정한 실력은 정확히 알지 못했다.
모르는 사람들은, 과연 어느 정도 실력이어서 수라단을 맡았는지 궁금해서라도 사도무영의 움직임을 놓치지 않고 지켜보았다.
수라단원들이야 사도무영이 질 거라고는 꿈에도 생각지 않았기에 심드렁한 표정이었고.
그렇게 사람들이 지켜보는 가운데, 종우도가 먼저 입을 열었다.
"내 특별히 봐줄 테니, 다치기 전에 내려가라, 애송이. 싸움은 키로 하는 게 아니거든."
사도무영은 고개를 삐딱하게 비틀고 상대의 신경을 건드렸다.
"신월교 사람들은 입으로 싸우나?"
종우도의 눈썹이 살짝 꺾어지면서 싸늘한 눈빛이 쏟아졌다.
"애송이가 그래도 성깔은 살아있군. 훗, 좋아. 그럼 후회는 하지 말도록."

딸깍.

사도무영은 더 말할 것 없다는 듯 엄지로 도를 밀어 올렸다.

순간 종우도가 시위를 떠난 화살처럼 날아가며 검을 빼서 앞으로 뻗었다.

워낙 그의 공세가 빠르다 보니, 사람들이 '어?' 했을 때는 이미 사도무영의 코앞까지 날아간 상태였다.

쩡!

어느새 빼들었는지, 사도무영이 종우도의 검을 쳐냈다.

검뿐만이 아니라 종우도의 몸까지 옆으로 흘렀다.

종우도는 사도무영의 일 장 뒤에 내려서며 재빨리 자세를 잡았다.

'빌어먹을!'

손끝에서 발끝까지 온몸이 떨렸다.

그는 다시 공격할 생각도 못하고 몸의 떨림부터 진정시켰다. 상대가 반격을 하지 않는 게 그에게는 천만다행이었다.

하지만 그는 상상도 못했다. 사도무영이 왜 바로 공격하지 않았는지. 사도무영이 무슨 생각을 하고 있는지.

사도무영은 조화설로 인한 우울함을 호교무장전으로 달래고 싶었다.

하나하나 철저히 무너뜨리면서!

현유와 마주치면 좋고, 그게 아니어도 상관없었다. 어차피 모두가 그에게는 적이니까.

"타앗!"

종우도는 내부의 떨림이 진정되자마자 재차 공격했다.

그는 사도무영도 자신만큼 충격을 입었을 거라 생각했다. 그러니 기회를 잡고도 바로 공격하지 못한 것이 아니겠는가 말이다.

쉬쉬쉬쉭!

검광이 나무에서 뻗어나간 가지처럼 사방으로 뻗치며 사도무영을 뒤덮어갔다.

사도무영은 종우도의 검이 날아드는 걸 빤히 바라보며, 도를 불쑥 검영 속으로 집어넣었다.

땅!

검로가 막힌 검이 사선으로 흐르자, 사도무영의 도가 아수라구도식의 흐름을 따라가며 번갯불을 토해냈다.

"헛!"

종우도가 헛바람을 집어삼키며 사도무영의 도를 막았다.

하지만 한번 흐름을 탄 도세는 단숨에 사초의 도식을 뿜어내며 종우도를 구석으로 몰아넣었다.

옷이 갈기갈기 찢겨진 종우도의 안색이 새파랗게 변했다.

당장이라도 피가 솟구칠 것 같은 광경!

"그만해라! 사영이 이겼다!"

"죽여 버려!"

"목을 쳐!"

여기저기서 고함이 터져 나왔다.

홍포노인도 더 이상 진행할 이유가 없다는 듯, 한 걸음 앞으로 나오며 손을 들었다.

그때였다!

종우도에게 바짝 다가간 사도무영이 도를 옆으로 틀며 좌장을 내질렀다.

쾅!

"사영 승!"

뒤늦게 홍포노인의 목소리가 장내에 울리고, 종우도의 몸뚱이는 이 장을 날아가 신월교도들의 머리 위로 떨어졌다.

사도무영은 천천히 몸을 돌리고 도를 집어넣었다. 그러고는 두 손을 합장해 올리며 고개를 숙였다.

사도무영이 비무대를 내려가는데 수라단원들이 수군거렸다.

"봐준 거 같은데?"

"그게 아냐. 최대한 작살 낸 거야. 어차피 고의로 죽일 수는 없으니까, 대신 도로 혼을 빼버리고, 주먹으로 몸을 날려버렸잖아."

"저 새끼 정도면 나도 해보겠는데……."

"죽으려면 뭔 짓을 못해? 단주님께 힘도 못 쓰고 당하니까 너도 할 수 있을 거 같지? 웃기고 있네. 너 같은 놈은 저 자식에게 십 초도 못 견뎌."

"어쨌든 운도 좋군. 어제는 부전승으로 올라가고, 오늘은 약한 놈이 걸리고."

"씨바, 하늘도 불공평하다니까."

수라단원들이 뭔가 불만이 있는 듯 수군거리자, 감초민도 덩달아서 한 마디 했다.

"운이 좋긴 좋은 놈이군. 다른 자에게 걸렸으면 기어서 내려왔을 텐데 말이야."

그때 수라단 앞까지 다가온 사도무영이 쓱, 훑어보며 물었다.

"그래서? 불만이쇼?"

수라단원들이 일제히 허리를 숙였다.

"그럴 리가요! 정말 대단하셨습니다!"

"수고하셨습니다, 단주님!"

그러자 감초민만 멀뚱히 서서 사도무영을 바라보는 꼴이 되었다.

사도무영이 그에게 말했다.

"잘해 봐, 수라종파의 이름에 먹칠하지 말고."

감초민의 얼굴이 땡감을 씹은 것처럼 일그러졌다.

2.

"사제, 사영이라는 저자, 누군지 알아?"
"처음 보는 자입니다."
"어떻게 생각하지?"
현유는 비무대 건너편을 응시했다. 사도무영이 수라단과 마주 서 있었다.
"제법 한 수가 있는 자 같습니다만, 사형께서 마음에 두실 정도는 아니라고 생각합니다."
"과연 그럴까? 내가 보기에는 만만치 않아 보이는데 말이야."
조금은 비웃음이 스며있는 말투.
현유의 코끝이 보일 듯 말 듯 씰룩였다. 하지만 그는 반박을 하지 않고 입을 다물었다.
그의 옆에 서 있는 사람은 둘째 사형인 백사청이었다. 겉으로 보기에는 온순해 보이지만, 마음은 독사보다 더 지독한 자였다. 아무리 사제라 해도 자신의 기분을 나쁘게 하면 그 열 배의 대가를 치르게 하는 자.
현유는 백사청의 성격을 어릴 때부터 알기에 그의 비웃음을 순순히 받아주었다. 하지만 마음까지 그런 것은 아니었다.
'지금은 얼마든지 비웃어라. 하지만 언제까지 그럴 수는 없을 것이다, 백사청.'

그때 백사청이 조소를 지은 채 나직이 말했다.

"놈은 종우도를 더 빨리 이길 수 있었어. 그런데도 승부를 늦추고는 옷을 갈기갈기 찢어버린 다음에야 신월교의 교도들이 있는 곳으로 날려버렸지. 놈은 그렇게 함으로써 결국은 종우도의 자존심까지 날려버린 셈이 되었어."

현유도 알고 있었다. 자신을 감추기 위해 말을 하지 않았을 뿐. 그는 어리둥절한 표정을 지으며 반문했다.

"고의라는 말씀입니까?"

"아주 영악한 놈이야. 싸울 줄도 아는 놈이고. 어린놈 같은데, 어디서 저런 괴물이 나왔는지 모르겠군."

그 말을 들은 현유는 이마를 찌푸리고 사도무영의 뒷모습을 바라보았다.

'그리고 보니 어디서 본 놈 같은데……'

얼굴은 분명 처음 보는 자였다. 그런데 어딘지 모르게 눈에 익었다.

현유가 머리를 싸매고 고민하는 동안 또 다른 비무자들이 비무대 위로 올라왔다.

사도무영을 보고 고민하는 사람은 현유만이 아니었다.

목령종파 교도들과 함께 있던 두 사람은 하얗게 변한 얼굴로 사도무영을 주시했다.

『분명 그놈이네.』

『나도 봤소. 저놈이 어떻게 수라종파에 있는 거요?』

추은교는 사도무영이 했던 말을 기억해 내고 자신의 생각을 말했다.

『그때 누구를 찾는다고 했는데, 그 때문에 수라종파에 들어온 것 같군.』

『혹시 정천맹의 첩자는…….』

『글쎄……. 그럴 수도 있겠지. 하지만 저놈이 정말 첩자라면 우리가 있다는 걸 알고 있을 텐데 무작정 들어오겠나?』

『모를 수도 있지 않겠소?』

바로 그때, 사도무영의 목소리가 두 사람의 귀를 동시에 파고들었다.

『한참 찾았는데 거기 계셨군요. 괜히 골치 아프게 머리 굴릴 필요 없습니다. 종주도 내가 청운표국의 임시표사였다는 것을 알고 있거든요? 그러니 지금 내가 수라종파의 사람이라는 것. 그것만 생각하십시오. 그럼 나도 두 분에 대해서 입을 다물고 있을 테니까.』

석장추가 발끈해서 코웃음 쳤다.

『흥! 네놈이 입을 다물고 있지 않으면! 우리가 무슨 잘못이라도 했단 말이냐?』

『그거야 생각하기 나름이죠. 두 분이 나에게 잡혔다가 풀려났고, 그로 인해서 내가 이곳에 온 것은 사실 아닙니까? 사람들이 그 말을 들으면 어떤 생각을 할 거 같습니까?』

『네, 네놈이…….』

『아아, 흥분하지 마시고. 가만히 지켜보십쇼. 그러면 내가 첩자짓 하려고 들어왔는지, 아니면 그냥 수라종파의 교도로 들어왔는지 알 수 있을 테니까.』

석장추는 사도무영의 언쟁 상대가 되지 못했다. 추은교는 석장추의 표정만 보고도 그가 밀린다는 걸 바로 깨달았다.

결국 그가 석장추의 옷자락을 잡아당기고 나섰다.

『정말 정천맹의 첩자가 아니란 말이냐?』

『내가 첩자면, 당신들이 얼굴을 알고 있는데 미쳤다고 호교무장전에 나가겠습니까? 조용히 구석에서 정보나 수집하지. 그도 아니면 당신들부터 죽여 버리고 속 편히 돌아다니든지.』

그건 그랬다. 머리에 바람구멍 뚫린 놈이 아니고서야 그새 자신들을 잊었을 리가 없었다.

결국 추은교는 적당히 타협하기로 했다.

여기서 사도무영을 정천맹의 첩자라고 떠들어 봐야 그들에게도 이득 될 게 없었다. 정천맹의 첩자라고 해서 수라종파에 몸담지 말란 법도 없고, 오히려 그들의 치부만 드러날 뿐이었다.

『좋다. 일단은 믿어주지. 하지만 안심하지 마라. 우리는 끝까지 네놈을 주시하면서 조금만 수상한 짓을 해도 가만두지 않을 것이다.』

『어떻게 하든 다 좋은데, 당신들도 알다시피 나에겐 찾아야

할 사람이 있지요. 아마 그 사람을 찾기 위해서 잠깐씩 돌아다 닐지도 모릅니다. 그러니 며칠 동안은 그냥 놔두쇼. 성질나면 이판사판으로 나갈지 모르니까.』

마지막 말투는 거의 협박에 가까웠다.

충분히 그러고도 남을 놈이다. 그 정도 독종이 아니라면 사람을 찾겠다고 이곳까지 들어오지도 않았을 것이다.

추은교는 속으로 이를 갈며 슬쩍 고개를 끄덕였다.

『그럼 당분간은 서로 모른척하기로 하지.』

『이제야 말이 통하는군요. 그럼 즐겁게 구경하시기 바랍니다.』

사도무영은 두 사람과의 일이 마무리되자 속이 시원했다.

저들이 자신에 대해 말한다 해도 크게 걱정하진 않았다. 귀찮은 게 문제지.

'정 귀찮게 굴면 염라대왕에게 보내는 수밖에.'

3.

도담은 사도무영 이후 세 번의 비무가 끝난 다음에 차례가 되었다.

그의 상대는 수밀종파의 교도였는데, 그는 십여 초 만에 상대의 가슴 옷자락을 길게 가르고 간단하게 승리를 장식했다.

그리고 도담의 바로 뒤를 이어 전추경이 여덟 번째 순서로 비무에 나섰다. 하지만 그는 오십여 초의 겨룸 끝에 간발의 차이로 패하고 말았다.

아쉬운 승부였다. 그래도 사람들은 전추경을 패자로 취급하지 않았다. 오히려 크게 기대하지 않았던 그가 팽팽한 접전을 벌인 것을 높게 쳐주었다. 덕분에 수라종파의 이름이 모두의 뇌리에 각인되었으니까.

그 이후 아홉 번째 비무가 끝나자, 적도광의 차례가 돌아왔다.

적도광은 숨을 깊게 들이쉬고는 비무대에 올라가 상대와 맞섰다.

상대는 화화종파의 우설청.

그는 화화종주 우진곽의 아들로, 자모원앙월이라는 무기를 사용했다.

자모원앙월은 신월처럼 휘어진 날이 서로 겹치는 모습이었는데, 양손에 들고 싸우면 근접전에서 그 어떤 무기보다 훨씬 효과적이고 살상력이 높은 기병이었다.

검을 다루는 적도광으로선 처음 대해 보는 기병이 부담스럽지 않을 수 없었다.

더구나 휘두를 때마다 뿜어져 나오는 강력한 열양기공으로 인해, 자모원앙월이 마치 불에 달군 병기처럼 느껴질 정도였다.

거래(去來) 179

하지만 적도광은 조금도 밀리지 않고 정면으로 상대의 공세에 대응했다.

둘의 싸움은 오십 초를 넘기며 치열하게 진행되었다.

막상막하의 실력. 누구도 앞을 내다볼 수 없는 팽팽한 대결!

사람들은 열광하며 소리를 질러댔다.

"죽여!"

"목을 쳐버려!"

"심장을 뚫어라! 찔러, 병신아!"

칠십 초를 넘어가자 두 사람의 몸에서 피가 흘러나오기 시작했다.

그 와중에서도 적도광은 사자의 눈으로 적을 노려보며 침착하게 맞섰다.

묵천곡에 오기 전, 사도무영과 지칠 때까지 비무를 벌였었다. 당시에는 다른 생각할 겨를이 없었다. 한 대라도 덜 얻어맞기 위해서, 한 번이라도 덜 쓰러지기 위해서 악착같이 눈에 힘을 주고 버텼다.

자존심? 웃기는 소리! 그건 순전히 오기였을 뿐이다.

한데 그때 벌였던 비무가 지금은 고맙기만 했다.

팽팽한 접전이 길어질수록 당시의 무자비한 비무가 효과를 보이기 시작한 것이다.

적도광은 변함이 없는 반면, 우설청의 눈빛은 서서히 변화를 보였다.

'뭐 이런 독종새끼가 다 있어?'

우설청은 눈썹 하나 흔들리지 않고 달려드는 적도광에게 질려버렸다.

빨리 승부를 내지 못하면 자신이 질지도 모른다는 생각마저 들었다. 한편으로는 수라종파의 일개 단원과 이렇게 오래 겨룬다는 것만으로도 자존심이 상했다.

모험을 하기로 작정한 우설청은 우수의 자모원앙월로 검기가 충만한 적도광의 검을 잡아챘다. 그러고는 좌수에 든 것으로 적도광의 가슴을 노리며 앞으로 뛰어들었다.

적도광은 우설청을 똑바로 노려보며 몸을 뒤로 눕혔다.

그야말로 처음부터 그리하기로 작정이라도 한 듯, 아니면 서로 짜기라도 한 것처럼 거의 동시에 이루어진 동작이었다.

쉬이익!

날카로운 자모원앙월의 끝이 적도광의 가슴을 훑고 지나갔다. 다른 사람들이 보기에는 영락없이 적도광의 심장이 갈라지는 것처럼 보이는 모습이었다.

반면 적도광은 몸을 눕히면서 보인 상대의 약점을 향해 검을 올려쳤다.

자모원앙월과 검이 스치듯이 비켜갔다.

서걱!

섬뜩한 소리와 함께 우설청의 몸이 찰나 간 기우뚱거렸다.

적도광은 철판교의 신법으로 눕힌 몸을 옆으로 한 바퀴 돌리며, 좌수로 바닥을 치고 몸을 세웠다.

그와 동시, 기우뚱 옆으로 틀어진 우설청의 가슴을 향해 번개처럼 검을 뻗었다.

검을 내지르기가 거의 불가능한 각도였다. 틈이라고 해봐야 손가락 한 마디도 되지 않았다.

하지만 그간 사도무영에게 얻어터지며, 언제 어느 곳에서든 기회만 닿으면 공격할 수 있게 단련된 적도광이다. 그 정도의 틈은 양팔을 벌리고 있는 것만큼 넓었다.

푹!

옆구리에서 먼저 피가 뿜어지고, 곧이어 가슴에서 핏줄기가 분수처럼 솟구쳤다.

"커억!"

그 모든 일이 벌어지는데 '어?' 하는 시간밖에 걸리지 않았다.

우설청의 입이 쩍 벌어진 다음에야 홍포노인이 다급히 외쳤다.

"적도광 승!"

적도광은 검을 우설청의 가슴에서 빼고 뒤로 일 장 가량 물러났다.

피이이익.

우설청의 가슴에서 뿜어지는 핏줄기가 더욱 굵어졌다.

"설청아!"

서너 사람이 비무대 아래에서 황급히 올라왔다. 제일 먼저 올라온 자는 화화종파의 종주인 우진곽이었다.

그는 비틀거리며 옆으로 쓰러지는 우설청을 다급히 붙잡았다.

가슴에서 뿜어진 피분수가 우진곽의 얼굴을 붉게 물들였다.

"정신 차려라!"

우진곽은 우설청의 가슴에 난 구멍을 손으로 막았다.

심장이 뚫릴 때의 충격으로 우설청의 몸이 잘게 떨렸다.

"아, 아버……."

억지로 벌리는 입에서 시뻘건 핏물이 넘쳤다.

검기가 충만한 검에 정통으로 심장이 뚫린 상태. 우설청은 움찔거리며 두어 번 몸을 떨더니 그대로 고개를 떨어뜨렸다.

"설청아!"

우진곽이 우설청을 소리쳐 불렀다. 그러나 우설청은 이미 숨이 끊어진 뒤였다.

번쩍, 고개를 든 우진곽이 적도광을 노려보았다.

적도광은 이미 몸을 돌려 비무대를 내려가고 있었다. 더 이상 비무대에 있을 이유가 없다는 듯.

그가 걸음을 옮길 때마다, 핏빛 발자국이 새겨졌다. 그 역시 적지 않은 상처를 입은 것이다.

그러나 그 정도의 상처는 우진곽의 눈에 들어오지도 않았다.

'저 죽일 놈이······.'

분노가 끓어 넘쳤다. 당장이라도 적도광의 머리를 터트리고, 심장을 빼내 아들 앞에 바치고 싶은 마음이었다.

하지만 호교무장전의 규칙은 심판자가 멈추라고 하기 전까지는 모든 것이 유효했다. 죽여도 죄가 아닌 것이다.

승자만이 인정받는 비정의 무대!

호교무장전의 비무대는 바로 그런 곳이었다.

우진곽은 이를 빠드득 갈았다. 눈에서 불길이 일었다.

'죽일 놈! 감히 내 아들을 죽이다니! 절대 가만 두지 않겠다!'

와아아아!

적도광이 비무대의 계단을 내려갈 때가 돼서야 뒤늦게 환호가 터져 나왔다.

"최고다! 진짜 멋졌어!"

"와, 저 자식 제법인데? 심장을 확실하게 찔러 버렸어!"

"이제 저 자식, 큰일 났네. 화화종파가 가만 놔두지 않을 텐데 말이야."

"그게 무슨 상관이야? 우리는 그저 보고 즐기면 되는 거지. 킬킬킬."

사도무영은 적도광의 어깨를 툭 때렸다.

"괜찮수?"

적도광의 눈가가 미세하게 씰룩였다.
'하필 때려도······.'
우설청의 자모원앙월이 스쳐간 곳을 때린 것이다.
그래도 일단은 괜찮다고 대답했다.
"아직은 견딜 만합니다."
"내일 아침까지 회복되지 않으면 그만 두쇼. 적 형을 이런 곳에서 잃고 싶지 않으니까."
"단주······."
적도광이 눈살을 찌푸리며 쳐다보자, 사도무영은 슬쩍 고갯짓을 하며 전음을 보냈다.
『저자가 가만있지 않을 거요. 아마 다음 비무에서는 무슨 수를 써서라도 적 형을 죽이려고 할 것이오.』
『두렵지 않습니다.』
『소연이가 슬퍼할 것이오. 난 그게 걱정돼서 그러는 거요. 적형이 옆에 있어주기를 바라는 마음도 조금은 있고······.』
『단주······.』
『이번 비무를 이긴 것만 해도 적 형은 할 만큼 했소. 그러니 내일 아침에 몸이 좋지 않아서 포기한다고 하쇼. 안 그러면 내가 아예 적 형이 나가지 못하도록 다리뼈를 부러뜨릴 테니까.』
적도광의 표정이 살짝 일그러졌다.
한다면 하는 사도무영이다. 자신이 끝까지 비무에 나가겠다고 하면 정말로 다리를 부러뜨릴 것이 분명하다.

자신의 자존심에게 대는 이유치고는 괜찮을 것 같다.

―단주는 정말로 네 다리를 부러뜨릴 거야. 그러니 단주 말대로 하자고.

적도광은 그렇게 자존심을 다독이고 마지못한 표정으로 대답했다.

『그렇게 하지요. 저도 늑대들이 우글거리는 이 험한 세상에 소연이만 남는 것이 걱정됩니다.』

그러고는 사도무영이 그 늑대들 중 하나라도 되는 것처럼 노려보았다.

사도무영은 스스로를 늑대가 아니라고 생각했기에, 담담히 웃으며 고개를 돌렸다.

사방에서 휘파람소리와 함성이 터져 나오고 있었다.

비무대 위에 환희종파의 여인이 올라간 것이다.

휘이익!

와아아아아!

"진짜 죽여주는군! 저 몸매 좀 봐!"

"이봐! 엉덩이춤 한번 춰보라고!"

"씨바, 정말 내 마누라하고 비교되는구만!"

사람들이 뭐라고 씨부렁대던 환희종파의 여인은 조용히 서서 상대가 올라오기를 기다렸다.

그때 감초민이 환한 표정을 지으며 비무대 위로 올라갔다.

그가 그녀의 상대였던 것이다.
'후후후, 재수가 좋군. 실컷 가지고 놀다 이겨야겠어!'

환희종파의 여인, 여화란과 마주 선 감초민이 검도 뽑아들지 않고 말했다.
"우리 시작해 볼까? 어디 당신이 먼저 공격해 보지 그래."
여화란은 사양하지 않았다. 공격을 망설이지도 않았다.
그녀는 가볍게 바닥을 차고 감초민을 향해 날아갔다. 손에 하늘거리는 채대를 들고서.
단숨에 삼 장의 거리를 좁힌 그녀는 손목을 비틀며 채대를 휘둘렀다.
휘리리릭!
그녀의 채대는 방향을 종잡을 수 없게 흔들리며 감초민을 향해 떨어져 내렸다.
감초민은 자신만만하게 그녀의 채대에 대응했다.
그는 귀영신법을 펼쳐 여화란의 채대를 피해냈다.
검은 아예 뽑을 생각도 하지 않았다. 대신 간간히 혈라수를 펼치며 약점을 파고들었다.
하지만 그의 얼굴이 변하는 데는 그리 오랜 시간이 필요치 않았다.
얽혀든 지 삼사 초 만에 그의 옷이 두어 군데 찢어지며 맨살이 드러났다.

귀영신법을 최대한 펼쳤는데도 여화란의 채대를 피하지 못한 것이다.

'이 빌어먹을 년이!'

감초민의 얼굴이 벌게졌다. 사정을 봐주며 최대한 상처 없이 제압하고, 나중에 그 대가로 한번 품어볼 생각을 했다.

그런데 상황이 자신의 생각과 전혀 다르게 흘렀다.

여화란의 채대는 부드럽기만 한 것이 아니었다. 스치기만 해도 옷이 찢어지고, 살이 뜯겨져나가는 고통이 느껴졌다.

'제길! 일단 이겨놓고 보자!'

쨍!

그는 결국 일 장 가량 물러나며 검을 뽑아 들었다.

그 순간부터 여화란의 채대가 더욱 매섭게 감초민을 압박했다. 지금까지는 검을 뽑지 않아 사정을 뵈줬다는 듯.

휘리리릭!

쩌정!

여화란은 이미 감초민의 눈빛을 보는 순간부터 그가 어떤 목적을 가지고 있는지 눈치채고 있었다.

'모두 똑같은 놈들이야!'

감초민이 검을 빼들자, 그녀는 더욱 신랄한 공격을 퍼부었다.

여화란은 환희종파에서 태어나고 자란 여인이다. 환희종파 교도에게 남자는, 즐겁게 해줘야 할 사람과 여인의 발바닥을 핥을 사람으로 나뉘었다.

 앞에 있는 감초민은 자신의 발바닥을 핥을 사람에 불과했다. 그런 자가 감히 자신을 욕심내다니.

 짝!

 여화란의 채대가 휘어져 들어가며 감초민의 등을 때렸다. 감초민은 얼굴을 일그러뜨리며 황급히 귀영신법을 펼쳐 채대의 권역에서 벗어났다.

 그러나 그것은 그의 생각일 뿐이었다.

 여화란의 신법은 그보다 나으면 나았지 뒤떨어지지 않았다. 더구나 채대의 변화는 그의 눈으로 잡을 수 없을 만큼 빨랐다.

 그림자처럼 따라간 채대는 인정사정 두지 않고 감초민을 연속적으로 휘갈겼다.

 짜자작!

 "크윽!"

 끝내 감초민의 입에서 신음이 흘러나오고, 옷자락이 찢어진 그의 등에서 피가 튀었다.

 "이, 이 개 같은 잡년이……."

 감초민은 욕을 퍼부으며 전력을 다해 검을 휘둘렀다.

 그러나 그의 검은 여화란의 옷깃도 스치지 못했다. 오히려 그녀의 채대가 검영 사이를 뚫고 들어와 더욱 강하게 그를 후려쳤다.

 짜악!

감초민은 도끼에 맞아 무너지듯이 앞으로 꼬꾸라졌다.
여화란은 거기서 멈추지 않고 채대를 휘둘러 감초민의 목을 휘어 감았다.
"다시는 그 더러운 입을 놀리지 못하게 만들어주죠."
여화란의 서릿발 같은 목소리가 감초민을 짓눌렀다.
이미 적도광에게 우설청이 죽은 것을 본 터다.
채대가 강하게 목을 조이자, 감초민은 죽을지 모른다는 공포감에 질려 얼굴이 회백색으로 변했다.
"여화란 승!"
그때 홍포노인이 여화란의 승리를 알렸다.
여화란은 가볍게 손을 뒤집었다. 채대에 목이 감긴 감초민의 몸뚱이가 이 장을 날아가 바닥에 널브러졌다.
"운이 좋군요. 조금만 늦었으면 목을 따버렸을 텐데."
그녀는 차갑게 말하며 몸을 돌렸다. 순간 사도무영과 눈이 마주쳤다.
언뜻 면사에 가려진 그녀의 입꼬리가 살짝 비틀렸다.

사도무영은 여화란과 눈이 마주치자 어깨를 으쓱 추켜올리며 피식 웃었다.
감초민을 패배시키고, 모욕을 주었지만, 여화란이 밉게 보이지 않았다.
밉기는커녕 잘했다고 박수라도 쳐주고 싶었다. 감초민은 그렇게 당해도 싼 자였으니까.
 한데 이상한 것은, 감초민의 일이 아니더라도 그녀가 일반적으로 알려진 환희종파의 여자처럼 보이지 않는다는 것이었다.
 '화설 누이와 눈이 비슷해서 그렇게 보이는 건가?'
 눈이 두 개라는 것 빼고는 비슷한 점이 별로 없었다.
 그런데도 그는 굳이 그런 이유를 댔다. 그래야 조화설로 인한 우울함이 조금은 줄어들 것 같았다.
 사도무영은 쓴웃음을 지으며 입맛을 다셨다.
 한데 그 소리를 적소연이 들은 듯했다.
 "단주님, 왜 입맛을 다셔요? 혹시…… 저 여자가 마음에 드세요? 안고 싶어요?"
 이 자식이! 나이도 나보다 어린 게! 어디 이런 데서 그런 말을!
 사도무영은 적소연의 머리에 살짝 꿀밤을 주고 눈을 부라렸다.
 "너 자꾸 그런 말하면 딴 방에서 자라고 한다."
 적소연이 배시시 웃으며 입을 손으로 가렸다.
 사람들이 이상한 눈으로 사도무영을 쳐다보았다.
 그럼 지금 둘이 한 방에서 지낸다는 말이 아닌가 말이다.
 ―나쁜 놈! 저런 어린애와…….
 그런 눈빛들이었다. 몇몇은 부럽다는 표정이었고.

그때 홍포노인의 목소리가 울렸다.
"일양종파의 단공설과 현천교의 현유!"
사도무영은 천천히 고개를 돌리고, 굳은 표정으로 비무대를 쳐다보았다.
현유가 비무대 위로 올라오고 있었다.
전보다 더 강한 기운. 무거워진 분위기였다.

1.

수라종파는 잔치 분위기였다.

감초민이 환희종파의 여화란에게 처참하게 패한 것은 뒷전이었다. 그의 내외상이 상당히 깊어서 끙끙 앓고 있는데도 누구 하나 신경 쓰지 않았다. 그는 패자인 것이다.

오히려 감초민보다는, 아깝게 간발의 차이로 패한 진추경이 사람들의 입에 더 오르내렸다. 그가 이겼다면 네 명이나 십육위장에 올라갔을 것이 아닌가 말이다.

그래도 어쨌든 세 명이나 십육위장에 들어갔다. 네 사람이 포함된 현천교에 이어, 일양종파와 함께 가장 많은 사람이 십육위장에 올라간 것이다.

수라종파 역사 이래 가장 많은 숫자였다.
사도무영은 감교악의 치사를 반시진에 걸쳐 듣고 나서야 자신의 방으로 돌아올 수 있었다. 그가 방으로 들어가자, 방에 모여 있던 수라단의 단원들이 슬금슬금 자리에서 일어났다.
"무슨 일이지?"
초관위가 헤벌쭉 웃으며 말했다.
"그야 단주님의 승리를 축하해드리려고 왔습죠."
"운이 좋아서 이긴 걸로 생각하고 있을 텐데, 축하는 무슨……"
"운이야 그놈이 좋았죠. 그래도 죽지는 않았잖습니까."
"그건 그렇지……"
사도무영은 고개를 끄덕이며 좌우를 둘러보았다. 뭔가 허전한 마음이 들었는데, 이제 보니 적소연이 안 보이는 것이다.
"소연이는 어디 갔지?"
막도가 고갯짓으로 옆방을 가리켰다.
"적 대형 부상 때문에 옆방에 있는데요."
"그래? 그럼 오늘은 그곳에서 오빠나 돌보고 있으라고 해. 굳이 오갈 필요 없이."
이때라는 듯 미고가 나섰다.
"호호호, 오늘은 제가 모실게요, 단주님."
두 눈이 길게 찢어져서 남자 몇 잡아먹을 인상만 아니라면, 미고도 그럭저럭 봐줄만한 얼굴이었다.
하지만 사도무영은 그녀를 원치 않았다.

"시답잖은 소리 말고 건너들 가."
"그럼 제가……."
퍽!
막도가 교상을 기절시키고 어깨에 둘러멨다.
"그럼 가보겠습니다, 단주."

수라단원들이 모두 나가자 혼자가 되었다.
사도무영은 침상에 가부좌를 틀고 앉아 사념을 정리했다. 그리고 회천선기를 일으켜 대주천을 시작했다. 하지만 그는 일각도 채 지나지 않아 대주천을 포기했다. 끊임없이 머릿속에 떠오르는 조화설의 얼굴을 떨칠 수가 없었던 것이다.
'이미 남의 여자가 되었다! 그녀를 위해서라도 잊어야 해!'
그러나 떨치려 할수록 모습이 더욱 선명해졌다.
'화설 누이! 대체 저더러 어찌하란 것입니까?'
머릿속에서 환청이 들리는 듯했다.
—보고 싶어. 나를 찾아와.
'그럴 수는 없습니다. 그리하면 화설 누이만 위험해집니다.'
—어디든 상관없어. 나를 데려가 줘.
'안 됩니다. 안 됩니다, 화설 누이…….'
—이제 내가 싫은 거야? 나와 멀리 도망가. 그러면 되잖아.
사도무영은 눈을 번쩍 뜨고 천장을 쳐다보았다.
정말 그녀는 아직도 나를 잊지 않고 있는 걸까? 내가 찾아가도 놀라지 않을까?

 그녀는…… 그녀는 나와 함께 도망가고 싶어 할까?

 조화설만 원한다면 얼마든지 그렇게 할 수 있었다. 그녀만 원한다면…….

 이를 지그시 악문 사도무영은 침상에서 일어났다.

 '확인해 봐야 돼. 그녀가 진정 무엇을 원하는지.

 설령 함께 도망가지 않는다고 해도, 그녀가 지금 행복해하고 있는지 알고 싶었다.

 '마지막이야. 마지막으로 확인하고, 그녀가 원치 않는다면, 지금 행복해하고 있다면 모든 것을 잊는 거야.'

 억지일지 몰랐다. 하지만 그렇게라도 하지 않으면 가슴이 타버릴 것 같았다. 사도무영은 전날 얻어놨던 옷으로 갈아입고, 두건은 품에 넣었다. 그리고 도는 그대로 둔 채 방을 나섰다.

 한데 어둠에 몸을 묻은 그가 야조처럼 담장을 넘은 순간이었다.

『어딜 가는 건가?』

 전음이 귀청을 때렸다. 도담의 목소리였다.

 '이런, 너무 성급했군.'

 조화설을 만나야 한다는 마음이 앞서서 주위를 살피는데 소홀했다. 이곳에는 경비무사들만 있는 것이 아니거늘.

 사도무영은 천천히 몸을 돌렸다.

 도담이 담장에 등을 기대고 어둠속에 서 있었다. 상당히 된 듯했다. 어쩌면 그 바람에 그를 감지하지 못한 것일 수도 있었다.
 이유야 어쨌든 결국은 자신의 잘못이었다.
 사도무영은 자신도 모르게 급해졌던 마음을 한없이 깊은 심해 밑바닥으로 가라앉혔다.
『왜 이곳에 계신 겁니까?』
『달이 좋아서.』
『그곳은 달이 보이지 않는 곳입니다만.』
『조금 있으면 보일 거네. 그때까지 서 있을 생각이지.』
순전히 핑계다.
사도무영도 그걸 모르지 않았다.
혹시 어제도 자신을 본 것이 아닐까?
그럴지도 몰랐다.
『아직 내 질문에 대답하지 않은 것 같네만.』
 사도무영은 도담의 질문에 잠시 숨을 골랐다. 대답할 말을 찾기 위함이었다. 그러나 그는 곧 곧이곧대로 대답했다.
『사람을 만나러 갑니다.』
『여잔가?』
『그렇다고 해두죠.』
어정쩡한 대답에 도담이 기이한 표정을 지었다.
『혹시…… 여화란을 만나러 가는 건가?』
 문득 그녀와 눈이 마주쳤을 때가 떠오르며, 조금은 엉뚱한 의문이 들었다.

인연(因緣)은 돌고 도는데······ 199

'그녀는 어떤 여인일까? 환희종파와는 어울리지 않는 눈빛이던데.'

입가에 쓴웃음이 떠올랐다. 자신이 지금 그런 생각을 할 땐가 말이다.

그런데 도담이 그 모습을 보고 오해를 했다.

『훗, 그랬군. 이거 미안한데? 남의 좋은 일을 방해한 거 같아서 말이야.』

사도무영은 굳이 부정하지 않았다. 조화설을 만나러 간다고 할 수는 없는 일. 차라리 도담이 오해하는 게 나았다.

『자꾸 방해하시면, 저번에 부탁하신 일을 들어주지 않을 겁니다.』

『흠, 알겠네. 어서 가서 재미있는 밤을 보내게. 보니까 기가 막힌 여자 같던데, 너무 빠져서 날은 새지 말고 말이야, 후후후후.』

도담이 말끝에 음흉한 웃음을 흘렸다. 전음으로 웃어서 그런지 더 음흉하게 들렸다.

'남자들은 다 그런 생각을 한다더니, 그녀 말이 틀린 게 없군. 도담까지 저런 말을 할 줄은 몰랐는데?'

사도무영은 속으로 혀를 차며 몸을 돌렸다.

어쨌든 다행이었다. 생각지도 못한 여화란 덕분에 위기를 넘겼다. 묘한 인연이었다. 도담은 어둠속으로 사라지는 사도무영의 등을 보며 입꼬리를 말아 올렸다.

'재미있는 친구야. 수라곡에 들어올 때부터 이곳의 일까

지……. 흠, 좌우간 저 친구를 지켜보는 재미도 괜찮군. 사는 게 지루했는데…….'

그는 수라곡의 누구도 모르는 지독한 염세주의자였다.

한데 세상을 사는 것에 지루함을 느끼고 어떻게 죽을 것인지 고민하던 어느 날, 한 사람이 곡에 들어왔다.

그날 이후 그는 죽는 날을 뒤로 미루었다. 세상에 대한 흥미가 조금씩 살아나기 시작한 것이다. 정확히는 한 사람에 대한 흥미였지만.

그는 흥미대상인 사도무영이 수라단을 삼키는 걸 멀리서 지켜보았다.

의외로 재미가 있었다.

지켜본 지 며칠이 지나지 않아 식었던 가슴이 뛰고, 잃어버렸던 웃음도 되찾았다. 그는 좀 더 자극적인 재미를 느끼기 위해, 가까이 가볼까 하는 생각을 했다.

하지만 그러고 싶은 마음을 억눌렀다.

사도무영은 강했다. 자신 못지않게. 어쩌면 더 강할지도 모르고.

그는 두려웠다. 사는 이유의 전부나 다름없는 재미가 사라지는 게. 그리고 또한, 자신의 재미를 남에게 빼앗기고 싶지도 않았다.

'그 계집과 즐기는 것은 좋다만, 너무 빠지지는 마라. 내 재미를 그 계집에게 빼앗기고 싶지 않으니까.'

인연(因緣)은 돌고 도는데……. 201

2.

 사도무영은 묵원으로 향하며 그림자를 철저히 이용했다.
 나무, 건물, 바위……. 그가 그림자 속으로 들어가면 바로 옆에 있어도 모를 정도로 희미한 흔적만이 남았다.
 선풍류에 귀영신법이 접목되면서 생긴 묘용이었다.
 그는 철저히 주위를 살피며, 전날 들어왔던 곳을 빙 돌아서 더 안쪽으로 들어갔다.
 전날 경비무사에게 현유가 사는 건물이 어딘지 알아 놓은 터였다. 그곳 역시 경비가 삼엄하지는 않다고 했다. 하지만 어제 경비무사가 반쯤 미친 상태로 발견되었을 터, 전과 같지 않을 수도 있었다.
 사도무영은 이십여 장을 더 전진한 후에야 자신의 생각이 옳았다는 것을 알았다. 경비무사가 어제보다 배 이상 많았다. 간간히 보이던 경비무사들이 시선이 닿는 곳에는 모두 있었다.
 그래도 바깥세상의 경비에 비하면 그리 삼엄한 것은 아니었다. 하긴 이곳은 누가 뭐래도 현천교의 대지. 자존심 때문에라도 약해 보이는 모습을 보일 수는 없을 것이었다.
 이층 전각 지붕 위에 올라간 사도무영은 바람을 타고 단숨에 십오륙 장을 날아갔다. 그렇게 두 개의 건물을 통과하자, 경비무사가 말했던 현유의 거처가 나왔다.
 사도무영은 지붕 위에 엎드려서 건너편에 있는 현유의 거처를 살펴보았다. 이층으로 된 건물에 총 일곱 개의 방이 있는데, 일층에 네 개, 이층에 세 개가 있다고 했다. 경비무사가 말한 게 옳다면 이층의 가장 오른쪽 방이 조화설의 방이었다.

사도무영의 눈이 그 방을 향했다.

방 안에 불이 켜져 있었는데, 창문에 비친 그림자가 안에 있는 사람이 여인임을 말해주었다.

가슴이 두근거리며 혈류가 급작스럽게 빨라졌다.

'화설 누이!'

사도무영은 바람을 타고 건너편 건물로 날아갔다.

지붕에 소리 없이 내려선 그가 막 몸을 엎드렸을 때였다.

방 안에서 남자의 목소리가 들렸다. 그것도 조화설의 방에서.

"오늘따라 얼굴이 밝군. 무슨 일이라도 있었느냐?"

여인이 답했다.

"잠깐 졸았는데, 조금 기이한 꿈을 꿔서 웃음이 나온 거예요."

조화설의 목소리!

그녀의 목소리가 온몸에 울려 퍼지는 것 같았다.

사도무영은 그렇게 듣고 싶어 했던 목소리를 지붕 위에서 들어야 한다는 것에 가슴이 먹먹했다.

"그래? 어쨌든 무덤덤한 얼굴보단 낫군. 계속 그렇게 밝은 표정이면 좋을 텐데 말이야."

"저도 그러고 싶은데 잘 안 돼요."

"안 돼도 노력해 봐라. 허튼 생각 같은 건 하지 말고. 한 번은 몰라도, 다음에 또 그러면 무슨 일이 벌어질지 네가 나보다 더 잘 알거다."

"다른 생각하고 싶은 마음도 없어요."

"후후후, 그래야지. 이곳에서 너를 지켜줄 사람은 오직 나뿐이니까."

두 사람의 목소리가 점점 잦아드는가 싶더니 곧 들리지 않았다. 사도무영은 두근거리는 마음을 억지로 누르고는, 고개를 빼고 창문을 바라보았다.

창문에 비치는 그림자가 둘로 늘었다. 남자의 그림자였다.

곧 남자의 그림자에 여자의 그림자가 겹쳤다. 마치 안긴 모습처럼.

사도무영은 눈을 꽉 감고 이를 악물었다.

'내가 왜 여길 왔지? 뭘 확인하겠다고 온 거지?'

입을 열면 비명이 터져 나올 것 같았다.

조금만 더 있으면 악이라도 지를 것 같았다.

미칠 것 같은 심정!

가슴이 새카맣게 타들어갔다.

'으아아아아!'

사도무영은 격동하는 마음을 도저히 억제할 수 없자, 지붕을 박차고 그곳을 떠났다.

그 직후 방에서 남자가 사라졌다.

그리고 얼마나 지났을까, 창문이 열리더니 한 여인이 모습을 드러냈다. 보다 성숙한 모습의 조화설이었다.

그녀는 비록 아무 장식도 없는 수수한 백의를 입고 있었지만, 오히려 그래서 더 달빛을 타고 내려온 천상의 선녀처럼 아름다웠다.

"하아……."

들릴 듯 말 듯 바람소리보다 작은 한숨소리가 그녀의 입에서 흘러나왔다.

'너무 힘들어. 조금만 더 참으면 되는데……. 삼공자만 강호로 나가도 이곳을 빠져나갈 방법을 찾을 수 있을 거 같은데……. 그때가 언제나 올지…….'

그녀는 머리를 흔들어 복잡한 심경을 털어내고 고개를 들었다. 까마득한 산 위에 달이 떠올라 있었다. 보름달이 살짝 깎여 있긴 했지만 근래 들어 가장 밝은 달이었다.

그 달 속에 한 사람의 얼굴이 비쳤다. 항상 힘들 때마다 떠올렸던 그 얼굴이.

'그는 잘 있을까? 무사하겠지? 그래야 하는데…….'

그녀의 눈빛이 파르르 떨렸다.

'내가 입 맞춰 주니까 어쩔 줄 몰라 했는데……. 덩치만 컸지 귀여웠는데……. 믿음직스럽고…….'

눈물이 볼을 타고 주르륵 흘렀다.

그래도 입에는 웃음이 매달려 있었다.

'죽기 전에 그를 볼 수 있을까?'

3.

"술 좀 구해주쇼."
갑작스런 사도무영의 요구에 도담의 표정이 묘하게 틀어졌다.
'여화란하고 뭐가 잘 안 됐나?'
그런 것 같았다. 아니면 오자마자 실연당한 얼굴로 술을 찾을 이유가 없잖은가 말이다.
"한번 알아보지."

적소연은, 아무 말 없이 술만 마시는 사도무영을 빤히 쳐다보았다.
밖에 나갔다 오더니 술만 마신다. 무슨 일인지 묻기가 겁날 정도로 가라앉은 표정을 지은 채.
그렇다고 바라보고만 있자니 속이 탔다. 그녀는 사도무영의 표정을 살피며 조심스럽게 입을 열었다.
"어디서 가져온 술이에요?"
"얻었어."
"왜…… 그런 표정이에요? 나갔던 일이 잘 안 됐어요?"
사도무영은 천천히 고개를 끄덕이고 다시 술잔을 목구멍에 털어 넣었다.
"저도 한 잔 주시면 안 돼요?"

사도무영은 술잔을 내밀었다.

적소연은 술잔에 술이 채워지는 것을 빤히 바라보고는, 눈을 꼭 감고 단숨에 마셨다.

"끄윽! 콜록!"

눈을 크게 뜬 적소연이 기침을 하며 술을 반쯤 뿜어냈다.

목구멍에 불이라도 붙은 듯 그녀의 얼굴이 불붙은 숯덩이처럼 붉어졌다.

사도무영은 피식 웃으며 술잔을 뺏었다.

"먹을 줄도 모르면서. 술만 아깝게……."

적소연은 입술을 소매로 닦으며 삐죽거렸다.

"단주님은 뭐 처음부터 술을 잘 마셨어요?"

문득 처음으로 술을 마시던 때가 떠올랐다. 위지양의 얼굴도.

'형님은 잘 계시는지 모르겠군.'

세상의 모든 아픔을 다 겪은 것처럼 보이던 위지양이다.

문득 자신의 지금 모습이 그럴지 모른다는 생각이 들었다.

"소연아, 지금 내 모습이 어떻게 보이지? 그냥 보이는 대로 말해 봐."

"많이 아픈 사람처럼 보여요."

"어디가?"

"마음이요."

사도무영은 물끄러미 술잔을 내려다보았다. 그러고는 술병을 흔들어 보았다.
 술병은 거의 다 비어서 잘해야 한 잔이나 될까 싶었다.
 마지막 한 잔.
 차라리 남겨 놓는 게 나을 것 같다. 그래야 또다시 찾을 테니까. 그게 미련일지라도.
 탁.
 술잔을 내려놓은 그는 몽유병에 걸린 사람처럼 일어나서 침상으로 갔다. 그리고 도끼에 밑동이 잘린 고목처럼 털썩 쓰러졌다.
 '보내주긴 하는데, 내 마음 속에서 완전히 떠나진 마, 화설누이……'
 적소연은 침상에 엎드려 있는 사도무영을 바라보고는 몸을 일으켰다.
 침상으로 다가간 그녀는 슬며시 사도무영의 등에 가슴을 얹고, 어깨에 얼굴을 묻었다.
 "단주님은 절대 아파하지 않을 사람 같았는데……. 소연이는 단주님이 아파하는 게 싫어요."
 사도무영은 뒤로 손을 돌려 적소연을 끌어안았다.
 적소연은 가슴에 얼굴을 묻고 숨소리를 최대한 죽였다.
 이마 근처에서 사도무영의 목소리가 술냄새와 함께 흘러나왔다.
 "오늘만…… 이대로 자자."

'항상 이렇게 자도 돼요. 더…… 원해도 괜찮아요.'
 적소연은 어미의 품안으로 파고드는 강아지처럼 사도무영의 가슴으로 더욱 깊숙이 파고들었다.

4.

"드디어 장안이군!"
 사도관은 감개무량한 표정으로 성문을 바라보았다.
 마침내 장안에 도착한 것이다.
 '나민과 단둘이 왔으면 더 좋았을 텐데. 여산의 온천에 들러서 며칠 쉬어가면 몸이 확 풀릴지도……. 맞아, 일이 끝나면 들렀다 갈까?'
 사도관은 속으로 그런 생각을 하며 환하게 웃었다.
 그때 단학이 저만치 앞에서 불렀다.
 "대공, 안 가실 거요?"
 그와 나민만 남아있을 뿐, 나머지 사람들은 어느새 성문으로 다가가고 있었다.
 사도관은 단학의 뒤통수를 쳐다보며 성문으로 다가갔다.
 '저 인간은 떼어놓고 가야겠어.'

 무기를 든 자들 이십여 명이 거리를 헤집고 다니면 사람들의 관심이 집중될 터. 사도관 일행은 성문을 통과하자마자 객잔에 방을 잡기로 했다.

당분간 장안에 머무를 수밖에 없는데, 흩어져서 움직이더라도 구심점이 있어야 편리했다.

성문 근처에는 여행객을 위한 객잔이 많아서 멀리 갈 것도 없었다.

사도관은 좌우를 둘러보며 마음에 드는 객잔을 찾아보았다.

저만치 백향객잔이라고 쓰인 깃발이 보였다.

'어? 여기도 백향객잔이 있네?'

반가운 이름이었다. 그 옛날 동정호에서 만났던 여인과 같은 이름이 아닌가.

하지만 사도관은 그곳으로 가지 않았다.

'나민을 옆에 두고 백향을 생각한다는 건 절대 안 될 일이지, 아암!'

그는 백향객잔의 반대편에 있는 객잔을 바라보았다.

'신양객잔(新陽客盞), 새로운 햇빛이라……'

마음에 들었다. 마치 자신과 나민의 새 출발을 축하해주는 것 같지 않은가 말이다.

"저쪽으로 갑시다."

객잔에 방을 구한 사도관 일행은 식사를 하기 위해 방을 나섰다. 혹시나 사람들의 시선을 집중시킬까 봐 무기는 방에다

놓아두었다.

일층에는 사람이 많아서 이층에 자리를 잡았다. 그나마도 사람이 많다 보니 한곳에 뭉쳐서 앉을 수가 없었다.

탁자 다섯 개를 듬성듬성 차지한 사도관 일행은 주문을 하고 음식이 나오기를 기다렸다.

그렇게 일각 가량 지날 무렵이었다. 시끄런 소리와 함께 몇 사람이 계단을 올라왔다.

"돈 있어 임마! 걱정 말고 안내나 해!"

"자리가 없다니까요."

"이 자식이! 걱정 마, 자리는 우리가 마련할 테니까."

"그러지 마시고, 어르신들······. 아이고!"

"걱정 마라니까 시끄럽게 굴고 있어."

계단을 올라온 자들은 주위를 휘휘 둘러보더니 창가로 다가갔다. 청운표국의 사람들이 앉아 있는 옆자리였다.

그들 중 키가 작은 자가 고개를 쳐들고 위압적으로 말했다.

"그냥 일어날 것이냐, 아니면 맞고 일어날 것이냐. 너희들이 결정해."

앉아 있던 자들은 오금이 저리는지 주춤거리며 일어섰다. 아직 음식이 반도 더 남아 있지만, 그걸 지키려다 맞고 싶지는 않았다.

한데 그들이 몸을 일으킨 순간, 한쪽에서 노성이 터져 나왔다.

"그게 무슨 짓입니까?!"

눈을 부라리며 일어선 자는 이십 대 중반의 청년이었다. 그는 청색과 짙은 녹색이 어우러진 무복을 입고 있었는데, 등에는 멋진 수실이 달린 검을 매고 있었다.

"자리가 없으면 기다리든가, 아니면 밑으로 내려가야 할 것 아닙니까?"

키 작은 자가 고개를 모로 꼬고 조소를 지었다.

"그렇게 못하겠다면?"

"저는 장안표국의 영호성이라 합니다. 강호의 노선배면 노선배답게 행동을 하십시오."

"호오, 장안표국이라면 장안 제일의 표국인데, 그럼 돈도 많겠네. 네가 우리 음식값 좀 해결해라. 아주 더런 놈을 만나서 돈을 다 뺏겼거든?"

"나이깨나 든 분들이 체면도 없습니까?"

"체면이고 지랄이고, 일단 먹어야 살 것 아니냐."

"흥! 저는 노선배들처럼 남의 자리나 뺏는 사람들을 위해서 음식값을 지불하고 싶은 마음이 없습니다."

가만히 있던 빼빼 마른 자가 끼어들었다.

"그 자식, 눈치 드럽게 없네. 사주기 싫으면 꺼져, 이놈아."

"그렇게는 못합니다. 어서 그분들에게 자리를 내주고 밑으로 내려가십시오."

"이 빌어먹을 놈이 꽤나 귀찮게 하네. 웅귀야, 네가 끌고 내려가라. 죽이지는 말고. 장안표국 아들놈이면 귀찮아질지 모르니까."

"예, 형."

뒤쪽에 서 있던 덩치 큰 자가 영호성을 향해 성큼성큼 다가갔다.

그 기세가 어찌나 사나운지 영호성의 얼굴이 하얗게 굳어졌다.

'젠장, 이제 보니 진짜 절정고수들이었군.'

하지만 이대로 물러설 수는 없었다. 여기서 물러서면 장안표국의 이름이 구석으로 처박힐지 몰랐다.

"저, 정말 끝까지 이러실 겁니까?"

영호성은 이를 악물고 등 뒤의 검을 잡았다.

동시에 웅귀가 갑자기 걸음을 크게 옮기더니 영호성의 가슴을 향해 손을 뻗었다.

영호성은 다급히 한 손으로 웅귀의 손을 막으며, 검을 뽑았다. 순간 웅귀의 커다란 손과 영호성의 하얀 손이 정면으로 부딪쳤다.

퍽! 우당탕!

뒤로 훌쩍 날아간 영호성의 몸뚱이가 빈 의자를 넘어뜨리며 굴렀다.

벌떡 일어난 영호성은 욱신거리는 손목과 묵직한 가슴의 통증을 참고 검을 내밀었다.

"장안표국의 이름을 걸고 그대들을 용서치 않을 것이다!"
그때 뒤에서 담담한 목소리가 들렸다.
"옆으로 물러나게. 그자는 그대가 상대할 수 있는 사람이 아니라네."
영호성은 힐끔 뒤를 돌아다보았다.
뒤의 탁자에는 조금 묘한 일행이 앉아 있었다.
아름다운 중년 여인, 평범해 보이는 중년 남자, 머리가 수세미처럼 엉긴 괴상한 중, 눈과 입술이 묘한 부조화를 일으키는 중년인까지.
그에게 말을 건 사람은 그의 바로 등 뒤에 있던 평범한 중년 남자였다.
영호성은 검을 쥔 손에 힘을 주고 웅귀를 노려보며 사도관에게 말했다.
"위험하니 뒤쪽으로 물러나십시오."
사도관은 씩 웃으며 자리에서 일어났다. 그리고 영호성의 뒷덜미를 잡아당겼다.
"헉! 이게 무슨 짓……!"
"잠깐 그것 좀 빌려주게."
사도관은 영호성이 뭐라 하든 말든, 그의 손에서 검을 빼앗어 들고 웅귀를 바라보았다.
"이게 누구십니까? 정말 오랜만이군요."
웅귀, 거혈마는 사도관을 보며 고개를 갸웃거렸다. 언젠가

본 적이 있는 얼굴 같았다. 하지만 생각이 나지 않았다.

사도관은 피식 웃고는, 단혈마와 죽마를 향해 눈을 돌렸다.

"이런 곳에서 만나다니, 정말 보통 인연이 아니군요."

죽마는 사도관을 바로 알아보았다.

어찌 잊으랴! 바로 그놈의 아버진데!

"너, 너……! 크, 크크, 크하하하, 너 이놈, 잘 만났다!"

"어떤 놈인데 그래?"

단혈마가 물었다. 죽마가 환하게 웃으며 말했다.

"바로 그놈이다! 내 엉덩이……. 아니 우리 돈을 다 뺏어간 그놈의 애비!"

단혈마도 그제야 사도관을 알아보았다.

"뭐야? 푸하하하하! 좋았어! 그럼 그놈에게 당한 빚을 저놈에게 받아야겠군!"

"당연하지! 돈까지 다 긁어내야지!"

"웅귀야! 그놈 도망 못 가게 막아!"

"알았어, 형!"

팅!

사도관은 손가락으로 검을 살짝 튕기고, 불안에 떨고 있는 양민들을 향해 말했다.

"위험하니 모두 내려가시오."

십여 명의 양민들이 우르르 이층에서 내려갔다. 그나마 간덩이가 조금 큰 자들만이, 구경거리를 놓칠 수 없다는 듯 구석진 곳으로 몸을 피한 채 눈을 반짝였다.

쌍혈마와 죽마는 자신이 있었다.
전에 만났을 때 둘을 감당하지 못했다. 그러니 복수하는 게 그리 어렵지 않을 거라 생각했다.
하지만 몇 번 손을 나눠보기도 전에 뭔가 이상한 생각이 들었다. 그리고 사도관이 휘두른 검면에 등판을 두들겨 맞고 나서야 안색이 해쓱하게 변했다.
만약 검면이 아닌 검날로 쳤다면 몸이 갈라졌을 것이 아닌가.
문득 그 괴물 같은 놈을 만났을 때의 상황이 떠올랐다.
―이놈도 그놈만큼이나 강해졌다!
그 생각이 떠오른 순간, 쌍혈마와 죽마는 눈앞이 캄캄해졌다.
"안 되겠다! 웅귀야, 도망가자!"
단혈마가 먼저 소리쳤다.
행동은 죽마가 빨랐다.
하지만 그들은 도망갈 수가 없었다.
광효와 섭장천, 단학이 자리에서 일어나 삼면을 막아서자, 세 사람은 철벽에 마주선 기분이 들었다.
특히 광효의 눈에서 번들거리는 살광과 마주치자 간이 오그라들었다.
"씨, 씨벌……."
그들에게 이곳은 객잔이 아니라 마귀소굴이었다.

그들은 다시 사도관에게 덤벼들었다. 이판사판이었다. 그래도 셋이 덤비면, 운이 좋을 경우 이길지도 몰랐다.
 잠시 후, 세 사람의 입에서 교대로 곡소리가 터져 나왔다.
 "아이고! 이 개······. 켁!"
 "이런 빌어먹을! 크억!"
 "어헝! 그만 때려!"
 그들은 하늘이 원망스러웠다.
 아들놈에게 당한 지 얼마나 되었다고, 이번에는 그놈의 아버지에게 당하게 한단 말인가!
 "그만!"
 결국 견디다 못한 단혈마가 두 손을 들고 소리쳤다.

 사도관은 검을 영호성에게 넘겨주었다. 영호성은 두 손을 뻗어 공손하게 받았다.
 그의 눈에는, 세 노마를 단숨에 기게 만든 사도관이 하늘처럼 보였다.
 '정말 멋진 분이다!'
 사도관은 손을 탈탈 털고는, 쌍혈마와 죽마를 향해 손가락을 까딱거렸다.
 "잠깐 나를 따라오쇼. 물어볼 게 있으니까. 제대로 대답해주면 순순히 보내주겠소."
 '그 자식도 순순히 보내준다고 해놓고 악귀소굴까지 데려갔

는데…….'
 단혈마와 죽마는 사도관의 말을 믿지 않았다.
 하지만 어쩌랴, 앞에 있는 자들은 그 괴물 같은 놈의 일행보다 더 무서운 놈들인데.
 세 사람은 순순히 사도관을 따라 방으로 갔다.
 단학과 섭장천, 나민이 사도관을 따라 방에 들어왔다. 광효는 별 생각 없이 따라왔고.
 그때까지도 섭장천과 광효는 사도관이 말한 '아들'이 사도무영이란 것을 몰랐다.
 의자에 앉은 사도관이 건너편 의자를 가리켰다.
 "저리 앉으쇼."
 쌍혈마와 죽마는 뒤를 힐끔 돌아보았다.
 철탑처럼 서 있는 광효가 보였다. 한쪽에는 섭장천과 단학, 나민이 서 있었고.
 그들은 도망갈 생각은 꿈도 꾸지 못하고, 어깨를 축 늘어뜨린 채 의자에 앉았다.
 사도관은 세 사람이 엉거주춤 의자에 앉자 질문을 던졌다.
 "내 아들을 만났다고 했소?"
 단혈마가 고개를 끄덕였다.
 "거참, 묘한 인연이군. 그래, 언제, 어디서 만났소?"

1.

"그만! 사영 승!"

홍포노인이 악을 쓰듯이 소리쳤다.

동시에 옷이 누더기로 변하고, 얼굴이 반쯤 뭉개진 자가 널브러졌다.

쿵!

금황종파의 위척승이었다.

사도무영에게 걸린 것도 재수가 없었지만, 주둥이를 함부로 놀린 것이 더 큰 실수였다.

"계집에게 실연당한 놈 같군."

그 한마디의 대가가 결국 그러한 결과를 가져온 것이다.

그는 비무를 시작한 지 채 오 초가 지나기도 전부터 두들겨 맞기 시작해서 순식간에 걸레처럼 변해버렸다.

설마 그렇게까지 무지막지하게 두들겨 팰 줄은 아무도 몰랐다. 게다가 예상했던 것보다 너무 빨리 무너져서 사람들이 말려야 한다고 생각을 했을 때는, 이미 위척숭이 정신을 잃은 뒤였다.

'그러게 왜 건드리는 거야?'

사도무영은 널브러진 위척숭은 보지도 않고, 홍포노인을 향해 대충 인사한 후 비무대를 내려갔다.

홍포노인은 사도무영의 등을 잡아먹을 것처럼 노려보았다.

어제는 신월교의 제자를 비무대 밖으로 날려서 반병신으로 만들더니, 오늘은 금황종파의 제자를 떡으로 만들어 버렸다.

거기다 또 다른 수라종파의 교도놈은 화화종파 종주의 아들을 죽여 버렸고.

적시에 비무의 승패를 가려줘야 부상자가 덜한데, 벌써 몇 번이나 늦어서 아까운 자들이 죽거나 중상을 입은 상태다. 남들이 보기에는 자신이 무능해서 그런 것처럼.

그는 자신의 권위에 심각한 도전장을 던진 놈들을 향해 이를 갈았다.

'괘씸한 수라종파 놈들! 나를 골탕 먹이려고 작정했어!'

이를 간 그는 비무대 아래를 내려다보며 두 사람을 불렀다.

"다음은 수라종파의 도담과 일양종파의 철사명!"

그러고는 비무대 위로 올라오는 도담과 철사명을 보고 회심의 미소를 지었다.

철사명은 사대천강에 들어갈 수 있는 유력한 후보.

그는 철사명이 도담을 반쯤 죽일 때까지 손을 들지 않을 생각이었다.

그가 뒤로 물러서자 곧 두 사람이 무기를 빼들고 대치했다.

비무는 그가 원하는 대로 진행되었다.

도담은 연신 뒤로 물러나고, 철사명은 승기를 잡고 끊임없이 몰아붙였다.

그 와중에도 두 사람의 검에서 검기가 난무하며 비무대를 가득 메웠다.

두 사람 다 검강을 시전할 능력이 있는 절정고수들이다. 어느 순간 검강이 뻗어 나올지 모르는 상황. 사람들은 눈도 깜박이지 않고 두 사람의 비무를 주시했다.

홍포노인 역시 팔짱을 낀 채 흐뭇한 표정으로 그 모습을 지켜보았다.

'그래, 팔다리라도 하나 잘라 버려라! 어서!'

그때였다. 갑자기 도담이 뒤로 훌쩍 물러나며 검을 거두었다.

"내가 졌소."

비록 승기를 잡긴 했지만, 막상 매듭을 지으려면 마음대로 안 돼 가슴이 답답했던 철사명이다.

숨겨 놓은 실력을 다 드러내야 하나 고민하고 있던 차에, 도담이 갑작스럽게 패배를 자인하자, 그는 의혹의 표정으로 도담을 바라보았다.

하지만 곧 승리의 기쁨이 의혹을 덮어버렸다.

철사명은 검을 거꾸로 쥔 채 두 손을 맞잡았다.

"양보해 줘서 고맙소!"

"별 말씀을. 더 해봐도 소용이 없을 것 같아 적당한 선에서 끝내고 싶었을 뿐이오."

두 사람은 불만이 없었다. 불만이 있는 사람은 홍포노인과 감교악 뿐.

'저놈들이 누굴 놀리나?'

'저놈이 또······.'

하지만 이미 당사자가 패배를 자인했으니 되돌릴 수도 없는 일이었다.

"철사명 승!"

홍포노인은 아쉬움을 접고 철사명의 승리를 알렸다. 그리고 비무대 아래를 바라보았다.

아직 수라종파의 비무자가 하나 더 남아 있었다. 게다가 그 상대는 현천교의 둘째 공자 백사청이었다.

'흐흐흐, 이번에는······.'

"다음은 수라종파의 적도광과 현천교의 백사청!"

백사청이 구름을 밟듯 부드러운 신법을 펼치며 비무대 위로 날아 내렸다.

홍포노인의 눈이 수라종파 쪽을 향했다.

"적도광은 왜 안 나오는가?"

감평악이 그를 향해 소리쳤다.

"본교의 적도광은 부상이 심해서 이번 비무를 포기하기로 했소!"

홍포노인과 백사청, 거기다 우진곽까지, 세 사람의 표정이 보일 듯 말 듯 살짝 이지러졌다.

'이것들이!'

'제길, 기보가 하나 날아갔군.'

'개자식! 운도 좋군! 백사청에게 적지 않은 대가를 주기로 하고 죽여 달라 했거늘.'

사도무영은 슬쩍 훑어보는 걸로 우진곽과 백사청이 모종의 합의를 했음을 눈치챘다.

'네놈들 맘대로 쉽게 안 될 걸?'

그는 내심 안도하며 다음 상대가 비무대에 오르기를 기다렸다. 다음 비무자 중 한 사람이 다름 아닌 여화란이었던 것이다.

여화란은 모두의 예상을 보기 좋게 깨고 일양종파의 교도인 희은상을 이겼다.

그녀가 머리가 흐트러진 채 오연히 서 있는 모습은 많은 사람들에게 충격과 감탄을 동시에 주었다.
 이제는 누구도 그녀가 환희종파의 여자로서 미색을 무기 삼아 비무에 나섰다는 생각을 하지 않았다.
 더구나 눈 아래를 면사로 가리고 있는 모습은 신비함까지 더해주어서, 그녀를 향해 순수한 환호를 보내는 자들이 전보다 훨씬 더 많아졌다.
 "정말 멋져요."
 여자인 적소연조차 몽롱한 표정으로 그녀를 바라보며 감탄을 터트렸다.
 사도무영도 그 말을 인정하지 않을 수 없었다.
 여화란은 환희종파의 다른 여인들과 확실히 달랐다.
 아름다움과 강함과 신비함이 섞여서, 쉽게 다가갈 수 없는 고고함이 풍겼다.
 쓰레기더미 속에서 홀로 핀 국화일지, 아니면 국화를 가장한 독화일지 아직은 확실치 않지만, 그래도 어쨌든 멋진 것만큼은 부정할 수 없었다.
 '훗날에 적으로 만나지 않기를……'
 여화란을 바라보는 사도무영의 눈빛이 암울할 정도로 깊어졌다.

 이후 비무가 이어져 네 명의 승자가 더 나왔다.
 현유가 수밀종파의 교도를 이기면서 현천교의 두 번째 팔대무장 진출자가 되고, 금황종파 종주의 아들인 담곡, 신월교의 대유청, 목령종파의 목인궁이 가세했다.

그렇게 팔대무장이 모두 가려지자, 각 종파의 분위기가 확연히 구별되었다.

한 사람이라도 팔대무장에 든 종파는 희희낙락하고, 한 사람도 끼지 못한 수밀종파와 화화종파는 침울했다.

감교악은 어중간한 상태에서 기뻐하지도, 짜증내지도 않았다.

십육위장에 셋이 뽑히고, 팔대무장에도 한 사람이 올라갔다. 소기의 목적은 달성한 셈이었다.

도담이 어이없이 패배를 자인한 것이 아쉬울 텐데도 그에 대해선 별반 말이 없었다.

그가 갑자기 입을 연 것은 주위의 분위기가 어느 정도 가라앉은 후였다.

"사 단주, 사대천강에 올라갈 자신이 있느냐?"

"죽을힘을 다하면 못 올라갈 것도 없지요."

"그럼 어떻게 해서든 올라가라. 그럼 내 너에게 큰 선물을 줄 것이다. 그리고 만약, 네가 호교쌍령 중 하나가 된다면……본 종주는 중대한 결심을 할 것인 즉, 최선을 다해 비무에 임하도록 해라."

중대한 결심.

그 말이 떨어지자 감평악은 물론이고, 수라종파의 호법과 장로들이 모두 감교악을 주시했다.
 그러나 감교악은 더 이상 말하지 않고 입을 다물었다.
 그때 구천신교의 사자가 수라종파 쪽으로 다가왔다.
 "종주님, 대교주님께서 각 종파의 종주님들을 모두 부르시옵니다."

2.

 이제 겨우 정오인데도 사대천강을 뽑는 비무는 다음 날로 미루어졌다.
 격전을 치루며 입은 내외상을 돌볼 수 있게끔 시간을 주기 위함이었다.
 그로 인해 시간 여유가 많아진 사람들은 자유롭게 시간을 보내며 오랜만에 한가로운 시간을 보냈다.
 워낙 많은 사람들이 몰려든 상태. 게다가 종파만 다를 뿐 결국은 구천신교라는 그늘 아래 모인 사람들이 아닌가. 묵천곡에서도 낮에는 별다른 경계를 하지 않았다.
 다만 한 가지, 곡내에서 싸움을 벌이는 일만은 철저히 금지했다. 작은 싸움이 큰 싸움으로 변할 경우, 결국 그 피해가 고스란히 구천신교로 돌아올 것이기 때문이었다.
 수라종파도 다른 종파와 크게 다르지 않게 행동했다.

타 종파의 사람을 아는 자들은 각자 친분이 있는 사람들을 만났다. 그리고 처음으로 대총회에 참가해서 아는 사람이 없는 자들은, 그들 나름대로 마음에 드는 종파의 사람들과 이야기를 나누며 친분을 만들었다.

문제는 수라단이었는데, 그들은 의외로 거처에서 멀리 떠나지 않고 얌전히 지냈다.

알지도 못하는 놈들하고 시시콜콜 이야기하는 것은 그들의 적성에 맞지 않았다. 차라리 손발을 휘두르며 미운 정 고운 정을 키워간다면 몰라도. 무기까지 들고 하면 더 좋고.

그런데 싸우면 큰일이니 차라리 자기들끼리 노는 게 나았던 것이다.

물론 사도무영이 한 말도 조금은 영향이 있었다.

"말썽을 일으키는 사람은 나하고 끝장 비무를 벌일 각오를 하도록."

좌우간 그런 자유의 시간을 사도무영이 마다할 리 없었다.

수라단을 거처에 처박아 놓은 사도무영은 따사로운 햇살을 받으며, 곡의 중심부를 가르고 쭉 뻗어 있는 대로를 걸었다.

수라단이 말썽을 피우는 거야 별 걱정하지 않았다. 말썽을 피우면 그만한 대가를 치르게 하면 될 테니까. 하나든 둘이든. 전부면 더 좋고.

"날씨는 우라지게 좋군."

그는 길거리 건달 같은 말투로 화창한 하늘을 질시하면서 앞에 놓인 자갈을 하나 툭 찼다.

한데 재수 없으면 하늘 보다가 새똥에 맞는다 했던가? 저만치 앞에서 걸어가던 자가 갑자기 방향을 틀더니 자갈에 복사뼈를 맞았다.

진짜 재수 없는 자였다.

딱!

"악!"

사도무영은 미안했지만, 왠지 사과하고 싶은 마음이 들지 않았다.

'그러게 왜 거기서 방향을 틀어?'

그런 이유도 있었고, 상대의 얼굴이 막도보다 더 험하게 생겼다는 것도 이유가 되었다. 더 큰 이유는 모든 게 귀찮게 생각되어서였지만.

"네놈이 돌을 찼지?"

사도무영은 어깨가 축 처진 상태였다. 화창한 하늘을 보니 조화설이 더욱 생각나서 기운이 빠져 있는 것이다. 그 바람에 비무대 위에서 악귀처럼 상대를 때려잡던 때와 많이 달라 보였다.

막도보다 더 흉악한 얼굴의 주인이 잘못한 거라면, 순전히 그러한 이유로 사도무영을 못 알아봤다는 것뿐이었다.

만사가 귀찮은 사도무영은 거꾸로 상대에게 뭐라고 했다.

"사람 없는 데다 찼는데, 왜 그쪽으로 발을 돌려서 억지로 맞는 거요?"

"뭐 이런 새끼가 다 있어?"

흉악한 얼굴의 주인은 어깨에 힘을 잔뜩 주고, 절룩이며 사도무영에게 다가갔다.

"너 수라종파 놈이지?"

"그렇소."

그제야 문득 어디서 본 것 같다는 생각이 들었다.

하지만 바로 생각이 나지 않았다.

"난 일양종파의 염태충이다. 누구한테 맞고 왔냐고 하면 그렇게 말해. 물론 네가 잘못한 것도 이야기하고."

'어쭈? 생긴 것 답지 않게 제법 신중하게 행동하는데?'

무조건 주먹부터 날릴 줄 알았다. 그런데 그러질 않고, 이런 저런 말로 일이 커질 것을 방지하는 것이 아닌가.

의외라는 생각이 든 사도무영은 슬쩍 상대를 건드려 보았다.

"만일 내가 당신을 때리면 어떻게 말할 거요? 잘못하면 나만 혼날지 모르는데 말이오."

바로 앞까지 다가온 염태충이 눈을 크게 떴다. 영락없이 성난 곰 같았다.

"뭐야? 푸하하, 이 자식, 웃기네! 걱정 마라. 너에게 맞아도 절대 네 잘못이라고 하지 않을 테니까!"

그 점은 정말 다행이었다.

"그렇다면야 뭐……. 나는 사영이라고 하오. 그러니 나중에 사람들이 누구에게 맞았냐고 물으면 그렇게 대답하시오."

"훗! 좋아. 사영이라고 했지."

염태충은 코웃음 치며 손을 뻗으려 했다. 하지만 채 한 자도 뻗기 전에 움찔하며 멈췄다.

"가만, 수라종파……. 사영? 너 분명 사영이라고 했지?"

사도무영은 고개를 끄덕여주었다.

염태충의 얼굴색이 점점 변해갔다. 화창한 날씨와는 정반대로.

"호, 혹시…… 팔대무장에 올라간 그 사영이냐?"

이제야 얼굴이 또렷이 기억났다.

그놈이다. 십육위장 대결에서 상대를 묵사발 냈던 그놈!

사도무영은 상대가 자신의 정체를 뒤늦게야 알았다는 걸 알고는 입맛을 다셨다.

잘하면 따분함을 풀 수 있는 기회였는데…….

한데 그때 염태충이 중얼거렸다.

"씨벌, 오늘 재수 더럽게 없군. 별수 없지 뭐."

그러고는 눈에 힘을 주고, 주먹을 들어 최대한 방어 자세를 취하며 사도무영을 노려보았다.

"너에게 맞으면 친구들도 뭐라고 하지 않을 거다. 덤벼!"

풀썩, 웃음이 나왔다.

만사가 귀찮던 사도무영은 염태충이란 자에게 흥미가 일었다.

"그만합시다. 어쨌든 사람 다니는 길에서 돌을 찬 건 내가 잘못한 거니까."

"응?"

염태충이 눈을 동그랗게 떴다. 놀란 곰이 따로 없었다.

"저, 정말이냐?"

사도무영은 염태충 같은 자를 어떻게 대해야 하는지 잘 알고 있었다. 수라단과 함께 있으면서 저절로 터득한 방법이었다.

그는 염태충을 무심히 노려보며 주먹을 말아 쥐었다.

"뭐 끝까지 하겠다면 마다하진 않겠습니다만……."

"아, 아니. 나도 뭐 크게 다치지 않았으니 일을 크게 벌이고 싶진 않……소."

"그럼 가도 되겠소?"

"하, 하, 하. 그러시든가."

그러고 보니 곰치고는 제법 순진한 곰 같았다. 얼굴만 사나운 곰.

하지만 사도무영은 서너 걸음을 옮기기도 전에 걸음을 멈추었다.

"잠깐."

내심 안도의 숨을 몰아쉬며 몸을 돌리던 염태충은 흠칫하며 고개를 돌렸다.

"뭐 더 하실 말이라도……?"

"일양종파의 장로분 중에 염황적이라는 분이 있다 들었는데, 혹시 이곳에 오셨소?"

"그, 그렇소만……. 한데 숙부님은 무슨 일로 찾는 거요?"

숙부?

염황적은 종리고명과 친했다는 사람 중 하나. 같은 염씨라 물어봤더니 숙질간인가 보다. 그렇다면 말하기가 편했다.

"그분의 옛 친구가 안부 좀 전해달라고 해서 그렇소. 지금 어디 계신지 알 수 있겠소?"

염태충은 고개를 갸웃거리더니, 어깨를 한번 살짝 추켜올리고 돌아섰다.

"따라오쇼. 내가 안내해 줄 테니까."

3.

일양종파의 대장로인 염황적은 염태충과 닮은 점이 많았다. 특히나 흉악한 얼굴은 염태충보다 더했다.

그는 조카가 데려온 사도무영을 빤히 바라보았다.

호교무장전의 팔대무장 중 하나가 된 젊은이다. 하지만 그보다, 그가 말한 한 사람의 이름이 그를 더 신경 쓰이게 했다.

"종리고명이라 했는가?"

"그렇습니다. 그분 말로는 믿을 수 있는 분 중 한 분이라고 하더군요. 옛날에 물에 빠져 죽을 뻔한 걸 구해준 적이 있으니 절대 외면하지 못할 거라고도 하고요."

염황적의 상처투성이 얼굴 근육이 꿈틀거렸다.

그 일을 알고 있는 사람은 거의 없었다. 자신과 종리고명, 그리고 또 한 사람뿐.

사도무영이 그걸 알고 있는 이상 더는 의심할 여지가 없었다.

"안 나타나서 죽은 줄 알았더니……. 썩을 놈. 그래도 내 이름은 기억하고 있었나 보지?"

염황적은 원망처럼 중얼거렸다. 이십 년 만에 들은 친구 소식이 반가운 한편으로, 세월이 벌써 그렇게 흘렀다는 것에 무상함을 느낀 표정이었다.

사도무영은 그가 감정을 추스를 때까지 잠자코 기다렸다.

곧 본래의 표정으로 돌아온 염황적이 사도무영에게 물었다.

"그 친구의 소식을 전하기 위해 찾아온 것만은 아닌 것 같은데, 나에게 할 말이 있나?"

사도무영은 마침내 본론으로 들어갈 때가 되었다는 생각에 신중한 말투로 물었다.

"혹시 혈천벽에 들어갈 수 있는 방법을 아시는지요?"

염황적의 표정이 서서히 굳어졌다.

"이유를 말해보게. 타당한 이유가 아니라면, 아무리 친구의 부탁이라 해도 들어주지 않을 거네."

그뿐이 아니다. 어쩌면 죽이려 할지도 모른다.

사도무영은 담담한 어조로 그 이유를 말했다. 조금 각색해서.

"제 조부님이 이 년 전에 우연히 이곳에 들어오셨습니다. 약초를 캐시는 분이신데, 단약도 연단하실 줄 알지요. 해서 현천교의 교도에게 물어봤더니, 혈천벽 안의 제약당에 계시다고 하더군요."

"그럼 현천교에 부탁하면 될 일이군."

"저도 그랬으면 좋겠는데, 조부님이 뭔가 비밀스런 일을 진행하는데 관련된 것 같습니다. 제가 갑자기 나서서 조부님을 만나겠다고 하면, 자칫 의심만 사고 조부님께도 해가 될 것 같아서, 함부로 그들에게 말을 할 수가 없는 상황입니다. 만약 현천교에서 조부님을 다른 곳으로 빼돌리고 없다고 하면, 저로선 속수무책일 수밖에 없지 않겠습니까?"

"비밀스런 일이라……."

염황적의 이마에 굵은 주름이 겹겹이 그어졌다. 뭔가 아는 것이 있는 것 같은데, 말해야 하는지 고민하는 표정이었다.

사도무영이 마저 말을 이었다.

"해서 일단 조부님이 무사하신지 몰래 알아본 후에 현천교에 정식으로 요청할 생각입니다. 그래야 그 일이 끝난 후 죽이지 않을 것 아닙니까?"

"현천교에서 자네 조부를 죽일 거라고 보는 건가?"

"비밀스런 일의 매듭을 어떻게 마무리하는지 장로님께서 더 잘 아실 것 같습니다만."

"으음……."

"저는 조부님의 목숨만 보장 받으면 됩니다. 그 일을 위해 혈천벽에 들어가 보려는 것이지요."

염황적은 강렬한 눈빛을 반짝이며 사도무영을 직시했다.

"정말 자네 조부의 생사만 확인하면 되는 건가?"

"그렇습니다."

일단은 사부님이라는 것을 확인하는 것이 무엇보다 중요했다. 그것만 확인되면 빼내는 것은 조금 늦어도 되었다.

보다 완벽한 기회를 위해서!

"부탁드립니다!"

사도무영은 사부를 위해서 염황적에게 허리를 깊숙이 숙였다. 도와주기만 한다면, 바닥에 엎드리라 해도 얼마든지 엎드릴 수 있었다.

염황적은 호랑이처럼 뻣뻣한 수염을 만지작거리며 한참을 망설였다.

자칫 종리고명과 연관된 게 알려지면 대제사장인 조광옥을 추종하는 무리로 낙인찍히고, 그 즉시 대장로의 지위는 물론, 자신이 수십 년간 쌓아온 모든 것이 무너질 것이다.

하지만 부탁을 거절하기에는 그에게 종리고명의 이름이 너무나 중요했다.
"으음……. 알겠네. 생사만 확인하는 정도라면 어떻게 해볼 수 있을 것 같군."

사도무영은 수라종파의 옷을 벗고 일양종파 교도의 옷으로 갈아입었다. 문제는 얼굴이었는데, 염황적이 몇 번 주물럭거리더니 요상하게 만들어 버렸다.
신기한 재주이긴 했지만, 염황적의 손길이 요혈을 스칠 때마다 바짝 긴장 되어서 어떤 수법인지 물어볼 정신도 없었다.
묘한 것은, 사도무영이 목숨이나 다름없는 자신의 얼굴을 맡긴 덕에, 염황적이 더 신뢰하게 되었다는 점이었다.
"아마 두 시진 정도 갈 거네. 그 안에 풀고 싶다면, 굳은 근육 쪽의 혈을 주물러 주게. 그럼 빨리 풀릴 테니까."
"알겠습니다."
"그런데…… 두렵지 않던가?"
얼굴을, 머리를 맡긴 걸 말함이다. 사도무영은 담담히 대답했다.
"이미 장로님과 혈천벽에 들어가겠다고 했을 때부터 제 목숨은 장로님께 맡긴 상태였지요."
그러니 두려울 것도 없다는 말이었다. 물론 반만 사실이었지만. 안에서 갇히거나 공격당한다 해도 얼굴을 주무를 때보다는 훨씬 살 수 있는 확률이 높으니까.

염황적은 흉악한 얼굴로 조용히 웃었다. 그렇게 웃으니 그래도 좀 나아 보였다.

"살다 보니 자네 같은 젊은이도 만나는군. 가세. 지금부터 자네는 내 시종이 되어야 하니 몸가짐도 신경 써야 할 거네."

그는 자신의 커다란 도를 사도무영에게 넘겼다.

사도무영은 염황적의 대도를 가슴에 품고, 허리를 적당히 구부린 채 염황적을 따라 방을 나섰다.

4.

대총회의 집회와 같은 특별한 일이 없는 한 혈천벽은 진입을 철저히 통제했다. 일반 무사들에게는 아예 입구조차 열어주지 않았다.

그곳에 들어갈 수 있는 사람은 각 종파의 장로급 이상인 자들 뿐. 그것도 특별한 사유가 있어야만 했다.

"요 장로에게, 일양종파의 수석장로인 염황적이 왔다고 전해라."

혈천벽의 입구 앞에 서 있던 위사는 염황적의 말에 표정이 굳어졌다.

일양종파는 구천신교에서 현천교 다음가는 세력이다. 그러한 일양종파의 수석장로라면 자신이 상대할 수 없는 고위인사였다.

더구나 상대가 찾는 요 장로는 혈천벽의 책임자인 요만호가 아닌가.

위사는 최대한 조심하며 물었다.

"무슨 이유로 뵙자 하시는지 말씀해 주실 수 있는지요?"

"그와 나는 오랜 친구다. 대총회가 끝나면 돌아가야 하니 그 전에 보고자 하는 거지. 뭐하느냐? 꾸물거리지 말고 어서 가서 말하라니까!"

얼굴도 흉악한 염황적이 인상까지 쓰자 위사의 얼굴이 하얗게 변했다.

"잠시만…… 기다려주십시오."

요만호는 키가 작고 통통했는데, 염황적과 달리 푸근한 인상의 노인이었다. 눈만 위로 치켜 올라가지 않았다면, 동네 훈장을 해도 될 법했다.

"클클클, 흉악한 늙은이를 마주보면 밥맛이 떨어질 것 같아 모른 척했더니, 아예 직접 찾아왔군."

"흥, 나도 자네의 느물거리는 얼굴을 보면 아무리 맛 좋은 술도 맹물만 못하게 느껴진다네."

"그런데 왜 여기까지 찾아왔나? 음침한 동굴 속이 싫다며?"

"몸만 괜찮았다면 내가 왜 자네를 찾아오겠나?"

"왜? 어디 아픈가?"

"나이를 먹어서 그런지 여기저기 말썽을 부리는군."

"그럼 의원을 찾아가야지, 왜 나를 찾아오나?"

"흥, 내가 모를 줄 아나? 이 안에 제약당의 연단실이 있지 않은가? 자네에게 영약이라도 하나 뺏어 먹으려고 왔지."

"킬킬킬, 다 늙어서 영약은……."

"잔말 말고. 어때? 줄 거야, 말 거야?"

"안 주면 서운하다고 할 건데……. 영약이라고 할 만한 게 없어서 문제군."

"내가 그 말을 믿을 줄 아나? 좋아! 자네가 주지 않겠다면 내가 돌아다니면서 찾아보지."

염황적이 벌떡 일어났다.

요만호는 염황적이 의외로 강하게 나오자 당황한 표정을 지었다.

"어어? 이봐, 함부로 돌아다니면 안 된다는 걸 알잖은가?"

"누가 나 혼자 다닌다고 했나? 자네가 앞장 서. 제약당으로 가 보자고. 이래봬도 연단에 들어가는 약초만 보면 영약을 만드는지, 아닌지 정도는 알 수 있다네."

"허어, 그 사람 성질은……."

"내 성질 급한 줄 이제 알았나?"

염황적이 당장이라도 혈천벽 내부를 돌아다닐 것처럼 몸을 돌리자, 요만호가 다급히 손을 저었다.

"알았네, 알았어! 잠시만 기다리게. 찾아보면 영약까지는 아니어도, 몸에 좋은 약 두어 가지는 찾을 수 있을 거네. 내 수하를 시켜 찾아볼 테니 그만 앉게나."

하지만 염황적은 그의 청을 듣지 않았다.

"어차피 일어난 김에 제약당 구경 좀 해보세. 명색이 나도 구천신교의 장론데, 설마 그 정도 구경도 못 시켜준다고는 않겠지?"

"허어……. 그 친구……."

할 수 없다 생각했는지 요만호가 몸을 일으켰다.

"볼 것도 없는데 뭘 보겠다고……."

"늙으면 약에 대한 욕심이 많아진다는 걸 모르나?"

"클클, 하긴, 우리도 이제 늙긴 늙었지."

가벼운 웃음을 흘리던 요만호가 힐끔 사도무영을 쳐다보았다.

"그런데 저놈은 누군가?"

"내 시종일세."

"제자가 아니고? 얼굴이야 개차반이지만, 몸뚱이 보니까 쓸 만하게 생겼는데 말이야."

"뭐 겸사겸사 데리고 다니네. 자네 눈에도 괜찮게 보이는가?"

"골격이 좋군. 자네한테 얼마나 시달렸는지 패기가 죽어서 그렇지."

염황적이 곁눈질로 사도무영을 보며 놀리듯이 말했다.

"홋, 지금은 저래 보여도, 생긴 것대로 성깔 꽤나 있는 놈이네. 지 맘에 안 드는 놈은 완전 묵사발을 내거든."

당신이 이렇게 만들었잖수!

사도무영은 속으로 불만이 많았지만, 가슴에 있는 염황적의 도병만 묵묵히 쳐다보았다.

그때 요만호가 그의 곁을 스쳐지나갔다.

'소연이만 하군. 짜리몽땅한 양반이 누구 얼굴을 개차반이라고 해.'

제약당은 요만호의 방에서 제법 떨어진 곳에 있었다. 혈천벽 내부에서도 구석진 곳이었는데, 연단을 할 때 나는 약 냄새 때문인 듯했다.

그곳까지 가는 통로에는 별다른 경비무사가 없었다.

묵천곡도 외인이 들어오지 않는데 하물며 혈천벽 내부는 말할 것이 없었다. 경비를 심하게 해봐야 인력낭비일 뿐이라 생각한 듯했다.

장작이 산더미처럼 쌓인 곳을 지나자 석실이 하나 나왔다. 그 안에서 약 냄새가 유난히 심하게 흘러나왔다.

요만호가 그 석실 앞에 서더니 염황적을 바라보았다.

"저기서 연단을 하지. 잠깐 기다려 보게. 내 진맥에 뛰어난 자를 데리고 나오겠네. 약도 몸에 맞게 먹어야 효과를 제대로 볼 수 있거든."

 요만호가 석실로 들어가자, 사도무영은 두어 걸음 옆으로 옮겨 석실 안이 보이는 곳에 섰다.

 석실은 제법 컸다. 한쪽 면이 족히 십 장은 넘을 것 같았다. 오른쪽에는 통나무와 약초가 수북이 쌓여 있고, 그 맞은편에는 연단을 하는 단로가 세 개 놓여 있었다. 그리고 그 위에는 연기가 빠져나가는 통로인 듯 구멍 네 개가 나란히 뚫려 있었는데, 그 구멍을 통해 파란 하늘이 보였다.

 '두께가 두 자에서 세 자쯤 되겠군.'

 석실 안에선 노인 하나와 중년인 셋이 일을 하고 있었다.

 요만호가 단로 앞에 앉아 있는 노인에게 다가가더니 뭐라고 말을 건넸다. 곧 노인이 고개를 끄덕이더니 몸을 일으켰다.

 사도무영의 두 눈이 실망감으로 물들었다.

 '제길!'

 사부가 아니었다.

 사부보다 살이 찐 거야 세월이 지났으니 그럴 수도 있었다. 그러나 한 자나 차이나는 키는 어떻게 할 수 있는 것이 아니었다.

 한데 그때, 몸을 일으킨 노인이 사도무영의 눈에는 보이지 않는 안쪽을 향해 소리쳤다. 석실이 안쪽에 하나 더 있었던 것이다.

 "이봐, 구 영감! 잠깐 나와 보시게나! 벽주님이 찾으시네."

얼마 지나지 않아 한 노인이 안쪽 석실에서 걸어 나왔다.
"무슨 일인데 이 늙은이를 찾으시는 거요?"
노인을 본 순간, 사도무영은 석상처럼 몸이 굳어서 움직일 수가 없었다.
'사부님!'
비록 도복을 입지 않고, 도관도 쓰지 않아 이전의 모습과 많이 달라 보였지만, 그는 한눈에 알아보았다.
터질 것처럼 뛰어대는 심장박동을 겨우 가라앉히고 있는데, 요만호가 노인과 함께 석실을 나왔다.
"이 친구의 맥 좀 봐주게. 뭐 하나? 손 내밀어 봐."
요만호가 염황적을 가리키고는, 염황적이 머뭇거리며 손을 내밀지 않자 재촉했다.
『손을 내미십시오. 제가 조부님께 말씀드리겠습니다.』
사도무영이 재빨리 전음으로 염황적을 안심시켰다. 그러고는 염황적이 손을 내밀자, 망혼도인에게 전음을 보냈다.
『절대 격동하지 말고 아무 일 없었던 것처럼 행동하세요. 아셨죠? 저, 무영이에요, 사부님. 앞에 계신 분은 저를 도와주시는 분이니까, 대충 몸이 안 좋은 거 같다고만 하세요.』
그렇게 당부했는데도 망혼도인은 어깨를 움찔거리며 눈을 잘게 떨었다. 사도무영의 목소리를 알아들은 것이다.
하지만 그는 염황적을 흘겨보며 말하는 것으로 요만호의 의심을 피했다.

"손목이 굉장히 굵어서, 제대로 맥을 짚을 수 있을지 모르겠습니다요."

"하는 데까지 해 보게."

"뭐 그러시다면야……."

망혼도인은 눈을 지그시 반쯤 감고 생각하는 척했다. 그러고는 사도무영을 전음으로 다그쳤다.

『너 여기까지 어떻게 들어왔냐? 아니지, 이 위험한 곳에 왜 왔어!』

『사부님이 구화산으로 돌아오시기만 했으면 제가 이런 곳에 올 이유가 없죠. 청성산에 가보지 않았으면 사부님이 여기 오신 것도 몰랐을 뻔했습니다.』

『이놈아! 여기가 어딘지 알기나 해?』

『저도 다 압니다! 대체 왜 여기에 들어오신 겁니까?』

『그거야……. 뭐 이것저것 알아보려고 왔지.』

『혹시 화설 누이 때문에 오신 건 아니고요?』

『그런 이유도 조금은 있고……. 흠, 강호의 안녕을 위해 죽기 전에 뭔가 하고 싶은 마음도 있고…….』

『참나! 누가 사부님더러 그런 일 하시라고 했어요? 화설 누이는 제가 알아서 구한다고 했잖아요!』

『그냥…… 너를 위해서 위치라도 확인해 보려고……. 재수 좋으면 화설이라는 아이가 무사한가도 알아볼 수 있을 것이고…….』

망혼도인의 목소리가 목구멍 속으로 기어들어갔다.

사실 강호를 위해 들어왔다는 말은 다 헛소리고, 목적은 조화설이란 말이었다. 제자를 위해서.

사도무영은 가슴이 먹먹해져서 울컥 했지만, 최대한 감정을 눌렀다.

『조금만 기다리세요. 제가 어떻게 하든 빼내드릴 테니까요.』

『어떻게?』

『일단 사부님이 여기 계시다는 건 확인했으니까, 이제부터 생각해 봐야죠.』

그때 요만호가 물었다.

"왜 그런가? 어디 안 좋은 데라도 있나?"

사도무영과 전음으로 이야기를 주고받다 보니 표정이 미세하게 변했는데, 그걸 염황적 때문이라 생각한 듯했다.

망혼도인은 한숨 비슷하게 숨을 내쉬고는, 염황적을 째려보며 말했다.

"흐음······. 간이 조금 안 좋군요. 많이 부었습니다. 아무래도 안 드셔야 할 걸 드신 거 같습니다요."

정말 간이 안 좋아서 한 말 같았다.

하지만 염황적에게는 다르게 느껴졌다.

─당신 간덩이가 부었군! 못 먹을 걸 먹었어? 왜 저 애를 여기까지 데리고 들어온 거야?

그렇게.
그리고 사실 망혼도인은 그런 마음으로 말했다.
자신의 제자를 데리고 이곳에 들어오다니.
걸리면 어떻게 하려고! 이 늙은이가 미쳤나!
아마 아무도 없는 곳이었다면 삿대질을 하며 소리쳤을 것이었다. 아니면 곧장 주먹을 휘둘렀든지.
염황적은 묘한 눈빛으로 망혼도인을 바라보고는 헛기침을 했다.
"험, 이거 며칠 전에 턱이 뾰족한 늙은 염소를 먹은 적이 있는데, 그래서 그런가?"
망혼도인은 턱이 뾰족했다. 수염도 염소수염이고.
한마디로 망혼도인을 빗대 놀려댄 말이었다.
망혼도인도 지지 않았다.
"얼굴색도 좋지 않은 걸 보니 조심해야겠습니다요. 함부로 몸을 굴리다가는 일 년을 넘기기 힘들겠구먼요."
속도 모르고 요만호가 놀란 표정을 지었다.
"허어, 그게 정말인가?"
"얼굴 피부가 두꺼비처럼 울퉁불퉁하고 멋대로 일그러진 것도, 성격은 불같은데 몸이 따라가지 못해서 그렇습죠. 앞으로 그 성격 죽이지 않으면, 힘든 일이 많을 겁니다요."
망혼도인이 자신을 놀리는 것이라는 걸 모르지 않았다. 한데도 염황적은 입을 열지 못하고 눈만 부릅떴다.

어이가 없었다. 단순한 약초꾼인 줄 알았는데 그게 아닌 것 같았다.

하긴 사영이라는 젊은이의 조부라면 절대 평범한 약초꾼일 리가 없었다.

반면 요만호는 망혼도인의 말이 옳다고 여겨졌다. 그도 예전부터 염황적의 불같은 성격이 마음에 걸렸었으니까.

"그래? 염 형, 들었나? 이제 제발 그 성질 좀 죽이게나."

어쩌랴. 이 자리서 주먹을 휘두를 수도 없고.

염황적은 속으로 앓는 소리를 내며 망혼도인을 노려만 보았다.

'아무래도 보통 늙은이가 아냐. 이놈에게 자세히 알아봐야 겠군.'

염황적의 속마음을 알 리 없는 요만호는 망혼도인에게 웃음까지 보이며 물었다.

"이 친구에게 알맞은 약이 없겠나?"

"잠깐만 기다리십쇼."

망혼도인은 몸을 돌리더니, 석실로 들어가 단약 두 개를 들고 나왔다.

"경명단(經明丹)이라는 건데, 사흘에 한 번씩 드시면 부은 간이 많이 가라앉을 겁니다요."

요만호는 단약을 받아 염황적에게 내밀었다.

"받게나. 말 들었지? 사흘에 한 번씩 복용하게."

그러게, 왜 건드려? 249

염황적은 단약을 받아들다 멈칫했다. 엉뚱한 의문이 들었다.

이곳이 어딘가? 현천교에서 은밀한 계획을 수행하고 있는 곳이 아닌가?

이 약을 먹어도 괜찮을까?

저 늙은이가 정말 제대로 된 약을 준 걸까?

그래도 일단 약은 받고 봤다. 복용하지 않더라도 친구의 성의를 무시할 수는 없는 일이 아닌가?

그러고는 조금 못미더운 표정으로 고마움을 표했다.

"고맙네. 자네 말대로 하지."

다행히 얼굴이 워낙 험악해서 아무런 표도 나지 않았다.

바로 그때, 망혼도인의 입술이 살짝 비틀리는 게 보였다.

'아무래도 수상해.'

5.

염황적의 방으로 돌아온 사도무영은 비틀린 얼굴 근육을 바로잡았다. 뻣뻣하던 근육이 곧 부드럽게 풀리며 제 얼굴이 돌아왔다.

염황적은 사도무영이 옷을 다 갈아입을 때까지 기다렸다가 질문을 던졌다.

"사실대로 말하게. 자네 조부라는 그 늙은이, 정말 약초꾼인가?"

사도무영도 두 사람의 언쟁 아닌 언쟁을 들었던 터다. 아마도 약이 올랐던 것 같다.

사도무영은 웃음이 나왔지만, 꾹 참고 담담히 말했다.

"약초를 채집하시기는 하지만 업으로 하는 전문 약초꾼은 아니십니다."

염황적은 그 말만으로도 자신의 예상이 맞았다는 걸 알았다.

"역시 그렇군. 하긴 평범한 약초꾼이 내 눈빛을 받아낼 리가 없지."

"악의가 있어서 하신 말씀은 아니니, 너무 마음에 두지 마십시오."

"허엄, 나도 그 정도야 아네. 그건 그렇고……. 이건 자네가 복용하게나."

염황적은 품속에서 단약을 꺼내더니 사도무영에게 내밀었다.

"그건 장로님 드시라고 주신 건데……."

사도무영이 어리둥절한 표정으로 바라보자, 염황적은 더 생각할 것 없다는 듯 단약을 탁자 위에 놓고 재촉했다.

"나는 건강하네. 그냥 조부를 만난 기념이라 생각하고 받게나."

사도무영은 고개를 갸웃거리며 단약을 집어 들었다.

사부가 비록 가끔 엉뚱한 짓을 하긴 해도, 남에게 해를 끼치는 일은 하지 않는 분이다. 염황적에게 준 단약도 해를 끼칠 약은 아닐 터였다.

하지만 염황적이 싫어한다면 자신이 보관하는 게 나을 것 같았다. 어쨌든 사부가 준 것이니까.

염황적은 사도무영이 단약을 집어 들자, 찜찜함을 털어내서 속이 다 시원하다는 듯 미소까지 띠고 물었다.

"그래, 이제 어떻게 할 건가?"

"적당한 때가 되면 조부님을 구할 생각입니다. 그때도 도와주시면 감사하겠습니다."

염황적의 얼굴에서 미소가 사라졌다.

"또? 너무 깊이 관여하면 곤란해질 수가 있다네."

절반의 거절.

사도무영이 조용히 웃으며 말했다.

"걱정 마십시오. 절대 장로님께 폐될 일은 하지 않겠습니다."

제9장
사도관,
장안표국(長安鏢局)을
입김으로 누르다

1.

 사도관 일행은 영호성을 따라 장안표국으로 갔다.
 영호성이 그들을 데려간 것은, 그들이 하려는 일을 알아서 그런 것이 아니었다.
 사도관의 모습에 감명을 받은 그는 사도관 일행을 장안표국으로 데려가 한 턱 내고 싶었을 뿐이었다.
 사도관 일행으로서도 마다할 이유가 없었다.
 장안표국은 천하 십대표국 중 하나이며, 중원표사회에서 중요한 위치에 있는 표국이었다.
 잘하면 힘들이지 않고, 그들의 도움을 얻을 수 있을지 몰랐다.

그렇다고 해서 미리 자신들의 목적을 밝히지는 않았다.
장안은 용검회가 있는 곳 아닌가. 장안표국과 용검회가 엮여 있지 말라는 법이 없는 것이다.

장안표국은 청운표국과 비교할 수 없을 만큼 그 규모가 컸다.
사도관이 장안표국을 둘러보며 가볍게 한마디 했다.
"흠, 우리집보다는 조금 작은 것 같군."
몇 사람이 그 말을 듣고 사도관을 힐끔거렸다.
사도관이야 신경도 쓰지 않았지만. 그것이 사실이니까.
"저를 따라오시지요."
영호성은 사도관 일행을, 장안표국에서 귀빈들을 모시는 영빈각으로 데려갔다.
사도관은 영빈각에 들어가고 나서야 영호성에게 넌지시 말했다.
"국주를 만나고 싶은데, 지금 계시는지 모르겠군."
"아버님을요?"
갑작스런 요구에 영호성의 눈이 커졌다.
"그렇다네. 그분에게 드릴 말씀이 있다네."
"말씀드려 보겠습니다. 아버님도 대협 같은 분들과 만나는 걸 좋아하시니, 바쁜 일만 없다면 허락이 떨어질 겁니다."
영호성은 영빈각을 나간 지 일각 만에 다시 돌아왔다.

"아버님께서 만나고 싶어 하십니다. 저와 함께 가시지요."
사도관은 자리에서 일어났다.
"가지."
영호성이 나간 사이 어느 정도 이야기가 돼 있던 터였다.
사도관, 섭장천, 강후. 세 사람만이 영호운을 만나기로 했다.
단학은 사람을 많이 만나봐야 좋을 게 없으니 사양했고, 광효는 분위기가 이상해질 것 같아 쉬라고 했다.
영빈각을 나선 세 사람은 영호성을 따라 국주의 집무실로 갔다.

장안표국의 국주인 영호운은 영호성의 말을 듣고 호기심이 들었다.
아들의 말이 과장된 게 아니라면, 대단한 사람들이 왔다는 말이었다.
'어떤 사람들이기에 성아가 그리 들떠서 말하는지 모르겠군.'
그가 수염을 쓰다듬으며 궁금해 하는데, 밖에서 영호성의 목소리가 들렸다.
"아버님, 손님들을 모시고 왔습니다."
"들어오너라."
곧 방문이 열리고 영호성을 따라 세 사람이 들어왔다.

특별하게 보이는 사람은 없었다. 셋 중 제일 젊은 사람이 강인하게 느껴졌지만, 그렇다고 해서 감탄할 정도는 아니었다.
아들이 무엇 때문에 그리 들떴을까? 의아할 정도였다.
하지만 그는 내색하지 않고 자리에서 일어나 포권을 취했다.
"허허허, 어서 오십시오. 영호운이라 합니다. 아들을 구해주셨다는 말을 들었습니다. 먼저 고맙다는 인사를 올리겠습니다."
"별말씀을. 저는 관도사라는 사람이올시다."
사도관이 포권을 취하며 나름 점잖게 인사를 했다. 평소와 달리 묵직한 표정을 지은 채.
그렇게 하니 제법 산전수전 다 겪은 강호인처럼 보였다.
사도관의 본모습을 아는 섭장천과 강후는 그 모습을 보고 가벼운 웃음을 지었다.
"저는 악양의 섭장천이라 합니다."
섭장천을 바라보는 영호운의 두 눈이 점점 커졌다.
"악양의 섭장천? 혹시 남천영검……?"
"과분하게도 남들이 그리 불러주고 있습니다."
"허어, 이거 정말 귀한 손님이 오셨구려."
영호운은 나직한 탄성을 짓고는 내심 고개를 끄덕였다.
'섭장천이라면 성아가 들뜰 만하군.'
그때 강후가 인사를 했다.

"저는 안경 청운표국의 강후라 합니다."

영호운의 눈이 강후를 향했다. 조금은 의아한 표정을 지은 채.

섭장천과 표사, 거기에 평범한 중년인까지. 아무리 생각해도 어울리는 조합이 아니었다.

"허허, 이거 같은 업종에 계시는 분이셨구려. 그래, 국주께선 안녕하시오?"

"예, 국주."

"한데 알 수가 없구려. 아무리 생각해도 세 분의 공통점을 찾을 수가 없으니……."

영호성이 나서서 잠시 대화의 맥을 끊었다.

"아버님, 일단 앉으셔서 말씀을 들어보시지요."

"허허, 그러고 보니 내가 실례를 했구나. 너도 앉아라."

자리에 앉자 시비가 차를 내왔다.

사도관은 차로 입술을 적시고 섭장천을 향해 고개를 끄덕였다.

'네가 말해.' 그런 표정으로.

섭장천은 마다하지 않았다. 장안까지 오면서 본 관도사의 성격이라면, 언제 엉뚱한 말을 해서 본질을 흐릴지 몰랐다.

"저희가 장안에 온 것은, 여기 강 표사가 있는 청운표국의 일 때문입니다."

"청운표국의 일? 대체 무슨 일인데……?"

"얼마 전, 청운표국에서 일어난 일에 대해 아시는 게 있습니까?"

영호운은 찻잔을 내려놓고 천천히 고개를 끄덕였다.

표행을 하다 보면 수많은 소문을 접하기 마련. 그도 장강 근처에 갔던 표사들이 가져온 소식을 들은 적이 있었다.

"표행이 공격받은 일을 말씀하시나 보구려."

"그 일에 강호의 대문파들이 엮여 있다는 것도 아십니까?"

영호운의 표정이 살짝 굳어졌다.

"정확히 아는 바는 없소만."

사도무영이 당시 공격한 문파에 대한 것을 소문내지 않도록 했다. 그 바람에 정확한 문파명에 대해 아는 사람이 거의 없다시피 했다.

"마령곡, 수월산장, 제갈세가, 구천신교, 그리고 용검회까지 관련되었는데 정말 모르십니까?"

섭장천은 단도직입적으로 말하고 영호운의 눈을 직시했다.

영호운은 뜨악한 표정을 지었다.

일개 표행을 강탈하는데 천하의 대 세력들이 모두 달려들다니!

"그게 정말이오?"

그럼 정말이지. 우리가 당신한테 거짓말해서 뭐 얻어먹겠다고?

사도관은 그렇게 쏘아주고 싶은 것을 꾹 참고는, 넌지시 끼어들었다.
 용검회가 직접적인 범인이 아닌 것처럼 살짝 말을 돌려서.
 "우리는 청운표국의 부탁으로 그 일을 조사하는 중이외다. 장안에 온 것은 용검회 때문이고 말이오."
 "그거 참, 대체 표물이 무엇이기에 그런 대 세력이 달려든단 말이오?"
 도무지 이해할 수 없다는 표정의 영호운을 향해, 사도관이 한 자 한 자 또박또박 말했다.
 "옥, 룡, 주."
 비록 가짜지만.
 영호운의 눈이 휘둥그레졌다.
 "옥룡신군의 옥룡주 말이오?"
 "그렇소이다."
 그렇다면 대 세력들이 표행을 노린 것도 어느 정도 이해되었다.
 "그런 일이 있었다니, 정말 놀라운 일이 아닐 수 없구려."
 '그럼 놀라운 일이지. 사실을 알면 더 놀랄 걸?'
 사도관은 영호운의 변화하는 표정을 즐기며 넌지시 물었다.
 "뭐 그건 그렇고, 용검회의 총단이 장안에 있다던데, 그럼 국주께서도 아시겠구려?"
 영호운은 경악한 표정을 갈무리하고 고개를 저었다.
 "본인도 그 말을 들어보긴 했소만, 정확히 어디에 있는지는 모르고 있소이다."

"의심 가는 곳이라도 있으면 좀 알려주시구려. 이 넓은 장안을 다 뒤질 수도 없고, 국주께서 알려주시면 편할 것 같소만······."

"글쎄올시다. 본인이 비록 표국을 하고 있지만, 장안 일대를 모두 아는 것은 아니어서 말이오."

그때 영호성이 고개를 갸웃거리며 말했다.

"아버님, 호현의 포검산장은 어떻······."

미처 그의 말이 끝나기도 전이었다.

"성아야. 확실치 않은 말은 함부로 하지 마라. 말이란 한 번 뱉으면 주워 담을 수가 없는 법이니라."

영호운이 소리쳐 영호성의 말을 끊고 무거운 어조로 말했다.

"죄송합니다, 아버님."

사도관이 넌지시 영호운에게 물었다.

"그 포검산장이라는 곳은 어떤 곳입니까?"

"강호활동을 거의 하지 않으면서도, 나름대로 장안 일대에서 커다란 영향력을 행사하는 곳이오. 본인은 그곳이 용검회와 관련되었다는 말을 들어본 적이 한 번도 없소이다."

"흐음, 좌우간 한 번 알아볼 만한 곳이긴 하겠군요."

고개를 주억거리던 사도관이 섭장천을 바라보았다.

"자넨 어떻게 생각하나?"

"일단 의심이 가는 곳은 모두 조사해 보지요."

섭장천의 단호한 대답에, 영호운이 이마를 좁히고 말했다.

"조사해 보시겠다면 말리진 않겠소만, 조심해야 할 것이오. 지금까지 장안 일대에서 일어난 어떤 세력도 포검산장을 건드리고 무사한 곳이 없었소이다."

그만큼 강한 힘이 웅크리고 있는 곳이라는 말. 그래서 더 의심이 들었다.

"한바탕 뒤집어 놓으면 뭐든 나오겠지요. 안 그런가?"

사도관은 뒷마당의 개집을 뒤집는 것처럼 간단히 말하고 섭장천을 쳐다보았다.

섭장천은 담담히 고개를 끄덕였다.

"정 안 되면 별수 없지요."

반면 영호운은 어이가 없었다.

포검산장을 뒤집어 놓는다고?

어딘지 좀 맹하게 보인다 했더니 제정신이 아닌 것처럼 보였다.

한데 그때, 사도관이 영호운에게 물었다.

"국주, 국주께선 어떻게 하시겠소이까?"

영호운은 어리둥절한 표정으로 반문했다.

"어떻게라니……. 무슨 말씀이신지?"

"하하, 그야 용검회를 찾기 위해 따로 어떤 방법이 있는지 묻는 거지요."

"우리가 왜……?"

사도관은 빤히 영호운을 바라보고는, 홱 고개를 돌려 강후에게 물었다.

"어이, 강 표사. 장안표국이 중원표사회의 중추인 십대표국 중 하나라 안 했던가?"

"맞습니다, 관 대협."

"그런데 왜 저런 반응이시지? 혹시 잘못 안 거 아냐? 중원표사회가 비록 힘은 약하지만, 표국들에게 회비만 받아먹고 어려운 일은 나 몰라라 하는 곳은 아니라고 하지 않았나?"

그렇게 말 한 적은 없었다.

하지만 강후는 부인하지 않았다. 아니 부인하기는커녕 박자까지 맞춰주었다.

"저도 그렇다고 말만 들어서……. 아무래도 제가 잘못 알았나 봅니다."

"그럼 잘못 찾아왔군. 일어나지? 밥이나 한 끼 얻어먹고 나가자고."

사도관이 일어서려 하자 영호성이 다급히 붙잡았다.

"대, 대협……."

영호운은 어이가 없었다.

졸지에 '회비만 받아먹고 나 몰라라 하는 악덕모임'의 책임자가 된 기분이었다.

자신이 왜 그런 말을 들어야 한단 말인가!

하지만 가만히 생각해 보니 틀린 말도 아니었다.
그는 일단 사도관을 진정시켰다.
"잠깐 기다리시구려."
사도관은 기다렸다는 듯 다시 엉덩이를 자리에 붙였다.
"하하하, 그럼 도와주시는 겁니까? 이거 제가 너무 성급했나 보군요."
"그, 그게……."
"너무 많은 것은 바라지 않겠습니다. 그냥 장안 일대의 수상한 문파나 장원에 대한 정보만 전해주시면, 저희가 알아서, 직접 조사하겠습니다."
영호운은 눈살을 찌푸렸다. 자신의 말을 끊는 사도관이 영 못마땅했다.
'성아도 참, 어디서 저런 사람을 데려와 가지고…….'
그래도 남천영검의 일행이 아닌가.
그는 이십 년간 표국 일을 보며 갈고닦은 수양으로 꾹 참았다.
"그 정도야 그리 어려운 일은 아니오만……."
"고맙습니다, 국주. 이런, 이야기를 나누다 보니 차가 식었군요."
사도관은 너스레를 떨며 영호운의 말을 끊고는, 탁자 위의 찻잔을 들었다.
찻잔 속에는 차가 반 이상 들어 있었는데, 이야기를 나누다 보니 싸늘히 식어 있었다.
 사도관은 찻잔을 입으로 가져가 입술을 쑥 내밀고 호, 불었다.
 그렇게 두어 번 불자, 싸늘하게 식었던 찻물에서 김이 모락모락 올라왔다.
 "밖에 향아 있느……."
 막 시비를 부르려던 영호운은, 그 모습을 보고 입을 반쯤 벌린 채 눈을 동그랗게 떴다.
 그 사이 사도관이 찻잔을 입으로 가져갔다.
 "앗 뜨거. 너무 데웠나?"
 찻잔을 입에서 다급히 떼는 바람에 찻물이 출렁거리며 탁자 위로 떨어졌다.
 영호운은 자신도 모르게 탁자 위를 바라보았다.
 탁자에 떨어진 찻물에서 허연 김이 모락모락 피어오르고 있었다.
 '맙소사! 입김으로 차를 데우다니!'
 영호운은 그제야 자신이 사람을 잘못 봤다는 걸 알고 안색이 창백해졌다.
 섭장천과 강후는 당황하는 영호운을 보고 속으로 조용히 웃었다.
 '너무 자책하지 마십시오. 누구든 관 대협을 보면 처음엔 당신처럼 생각하지요.'

'정말 재미있는 분이라니까.'
하지만 두 사람도 미처 모르는 게 있었다.
사도관의 행동은 고의가 아니라는 걸.

2.

다음 날 아침.
사도관 일행은 영호운이 다른 곳을 조사해오기 전에 포검산장을 먼저 조사하기로 했다.
사도관은 그 일을 적임자에게 맡겼다.
"단 형이 포검산장을 조사해 보구려."
이번에는 단학도 강후에게 미루지 않았다.
그런 일이야말로 자신이 전문이었다.
남자가 몇인지, 여자가 몇인지, 하루에 몇 명이나 뒷간에 오가는지, 철저히 조사할 자신이 있었다.
"알겠습니다. 포검산장인지 포도산장인지, 제가 확실하게 조사해 오지요."

단학이 두 수하와 함께 떠난 지 한 시진이나 지났을까, 영호운이 영호성과 함께 영빈관으로 사도관 일행을 찾아왔다.
그는 의심 가는 세력으로 두 곳을 짚어 주었다.

하나는 소룡보였고, 하나는 용호문이었다.
둘 다 장안일대에서 알아주는 문파였고, '용'자가 들어가는 만큼 의심의 대상에서 벗어날 수 없었다.
소룡보는 섭장천이 그의 수하들과 함께, 용호문은 사도관과 나민, 광효, 그리고 청운표국의 표사들이 조사하기로 했다.

사도관은 나들이하는 기분으로 장안표국을 나섰다.
용호문이 용검회면 좋고, 아니면 다른 곳을 찾아보면 되었다. 급할 것 하나도 없었다.
"용호문에서 화청지가 가깝다며? 화청지의 온천물이 그렇게 좋다던데, 우리 화청지에 가서 몸 좀 씻고 갈까?"
사도관의 말에 광효나 나민, 청운표국 사람들은 별반 표정을 짓지 않았다. 엉뚱한 말을 한두 번 들어본 것이 아니었으니까.
그러나 길안내를 맡은 장안표국의 표사는 한심하다는 표정으로 사도관을 힐끔거렸다.
'무슨 조사를 한다면서 온천에 놀러갈 생각이나 하다니. 생긴 것만큼이나 한심한 사람이군.'
나민이 사도관의 생각을 교정해주었다.
"일단 용호문부터 조사해 봐요, 상공."
"하하, 부인이 그리 말한다면 그리 해야지."
장안표국의 표사는 그런 사도관이 더 한심했다.

'쯔쯔쯔, 여자에게 완전히 잡혀 사는군.'

용호문은 장안에서 동쪽으로 오십 리 가량 떨어진 곳에 위치해 있었다.
문도는 삼백 정도라고 했는데, 문도 수에 비해 제법 넓은 장원을 보유하고 있었다. 족히 일천 명이 지내도 될 정도로.
영호운이 용호문을 의심 대상으로 꼽은 것은 바로 그러한 이유 때문이었다.
하지만 사도관은 용호문을 오가는 무사들 몇 명을 보고는 시간낭비라며 곧장 돌아섰다.
"돌아가자고. 저런 곳이 용검회라면 우리집은 용검회 할애비가 사는 집일 거야."
광효도 그의 말에 동의했다.
"저곳은 용검회가 될 수 없다. 용검회는 저렇게 나약한 집단이 아니야."
"승 형도 그렇게 생각하쇼? 그럼 일도 다 봤는데……. 우리 화청지에나 들렀다 갑시다."
이번에는 나민도 말리지 않았다.
사도관이 그렇다면 그런 것이었다.
청운표국 사람들도 아무런 의문을 품지 않았다. 두 사람은 그들과 차원이 다른 진짜 고수들이 아닌가.
다만 장안표국의 표사만이 어이가 없어 한숨만 푹푹 쉬었다.

 '후우, 조사도 안 해보고, 뭐? 용검회가 아냐? 저렇게 나약한 집단? 국주님은 이런 미친놈들을 왜 귀빈 대접하는 거지?'
 어깨가 축 처진 그에게 사도관이 물었다.
 "이봐, 어디 아픈가?"
 "예? 아뇨, 괜찮습니다."
 "그래? 그럼 화청지로 안내해 보게. 그리 멀지 않다며?"
 장안표국의 표사, 동추는 사도관의 얼굴에 끓는 온천물을 부어버리고 싶었다.
 '지미, 오후에 요랑이하고 만나기로 약속했는데……'

 사도관 일행은 그날 석양이 질 무렵이 되어서야 장안표국으로 돌아왔다.
 영빈관으로 들어가자 소룡보를 조사하러 갔던 섭장천이 먼저 돌아와 있었다.
 "그래, 어떻든가?"
 사도관이 물었다.
 섭장천은 반질거리는 사도관의 얼굴을 보며 자신이 조사한 바를 말했다.
 "수상한 점은 보이지 않았습니다. 보주인 등척은 물론이고, 소룡보의 중심을 이루는 간부들의 무위도 그리 강하지 않더군요."

강하지 않다?

사도관이 고개를 모로 꼬고 물어보았다.

"붙어 봤나?"

"예, 혹시 숨기는 게 있지 않을까 해서 슬쩍 신경을 건드려 봤지요."

"적당히 하지."

"심하게 손을 쓰지는 않았습니다. 등척의 목에 검을 들이대니까 더 이상 달려들지 않더군요."

그게 손을 심하게 쓰지 않은 건가?

상명승과 문인수영은 입을 반쯤 벌리고 섭장천을 바라보았다.

저 사람도 점점 이상해지는 것 같아. 그런 표정으로.

"관 대협이 가신 곳은 어땠습니까?"

이번에는 섭장천이 물었다. 사도관이 간단히 대답했다.

"아니더군."

정말 간단한 대답이었다.

"그럼 이제 단 대협이 가져올 정보를 기대해 봐야겠군요."

"그 인간, 다른 건 몰라도 정보수집에 있어서는 한가락 하지. 기대해도 좋을 거네."

3.

 단학은 어스름이 몰려올 무렵에야 수하 둘과 함께 포검산장 안으로 스며들어갔다.
 오후 내내 살펴봤기에 외곽 쪽 건물배치와 경비 상황에 대해서 숙지하고 있는 상태였다.
 옷자락 날리는 소리도 없이 담장을 넘은 단학은 나무 그늘에 몸을 숨기고 좌우를 살폈다.
 조금 묘한 느낌이 드는 곳이었다. 처음에 봤을 때는 별 볼일 없어 보였다. 그런데 보면 볼수록 기이한 느낌이 들었다.
 어둠속에서 호랑이가 지켜보는 줄도 모르고 호굴에 들어선 느낌이라고나 할까?
 마치 누군가가 뒷목을 잡아당기는 느낌.
 그래도 큰 걱정은 하지 않았다.
 자신이 누군가? 천귀살 단학이 아닌가!
 『너희들은 외곽 건물을 조사해라. 내원 쪽으로는 나 혼자 들어갈 것이다.』
 『예, 문주.』
 단학은 수하들을 남겨 놓고 안쪽으로 들어갔다.
 유령 같은 몸놀림, 적재적소를 찾아 몸을 숨기고 전진하는 그를 보고 연호와 이귀는 감탄을 금치 못했다.
 잠시 후, 안쪽 담장에 도착한 단학은 좌우를 둘러보았다.

경비무사는 보이지 않았다.
'내가 너무 과민반응을 보인 건가?'
그는 뒷목을 잡아당기는 느낌을 털어버리고 슬쩍 몸을 띄웠다.
담장 높이는 일 장이 조금 넘었다. 단학은 나무 그늘이 있는 곳을 택해 구렁이 담 넘듯 은밀하게 넘어갔다.
소리 없이 땅에 내려선 그는 앞쪽에 있는 고색창연한 건물로 접근했다.
그리고 방문에 바짝 귀를 대고 안쪽의 기척을 살펴보았다.
그때였다.
"허허허, 뭐가 그리 궁금한가?"
바로 뒤에서 노인의 목소리가 들렸다.
단학의 간이 쿵 소리를 내며 떨어졌다.
'헉!'

4.

단학은 사도관 등이 저녁식사를 마치도록 돌아오지 않았다. 호현까지 왕복 이백 리 길. 어쩌면 당연한 일일지도 몰랐다.
오가는 것만도 한나절은 걸릴 것이다. 거기다 정말 그들이 수상하면 철저한 조사가 이루어질 터. 조사를 마치려면 더 많은 시간이 필요할 것이다.

어쩌면 며칠이 걸릴지도······.

사도관 등은 일단 다음 날까지 기다리기로 했다.

그런데 다음 날 오후가 되어도 단학은 돌아오지 않았다.

사도관의 표정이 조금 굳어졌다.

며칠 걸릴지 모른다는 생각을 안 해본 것은 아니었다. 하지만 아무런 소식도 전하지 않는다는 것은 분명 문제가 있었다.

수상한 곳이라면, 그런 말이라도 전하면서 늦을 거라고 했을 텐데.

"내일 해가 뜰 때까지 기다려 보고, 그래도 소식이 없으면 가봐야겠소."

사도관이 침중한 목소리로 말했다. 마치 오랜 친구의 안전을 걱정하는 것처럼 심각한 표정을 짓고서.

처음으로 보는 사도관의 그런 모습에 섭장천 일행과 청운표국 사람들은 사도관을 달리 봤다.

'정말 정이 많은 분이구나.'

사도관은 정말로 단학의 안전 때문에 걱정이 태산 같았다.

'그 인간 죽으면 마누라가 나를 잡아먹으려고 할 텐데······.'

그날 밤.

사도관은 단학을 걱정하며 뒤뜰을 거닐었다.

떨어져 있으니 이상하게도 더 걱정되었다. 마치 수십 년 사귄 친구가 위험에 처해 있는 것처럼.

'쳇, 내가 언제부터 단학과 그렇게 친하게 지냈다고·······.'

그는 연신 속으로 구시렁거리며 정원을 통과했다.

그때 한쪽 구석에서 검풍이 대기를 가르는 소리가 들렸다.

'응? 누가 수련하나?'

본래 남의 수련을 엿보는 것은 예의에 어긋나는 일이었다. 하지만 그가 언제 그런 것 저런 것 따지고 살았나?

그는 자신의 마음이 이끄는 대로, 좀 더 정확히 말하면 호기심 때문에 소리가 들리는 곳으로 향했다.

그들이 머무는 영빈각 뒤쪽 구석에는 제법 넓은 공터가 있었다. 대낮에도 사람들이 거의 오가지 않는 곳이었는데, 소리는 그곳에서 들려왔다.

사도관은 어둠에 몸을 숨기고 나뭇가지 사이로 공터를 바라보았다.

한 사람이 검을 연마하고 있었다.

'어? 강후잖아?'

문득 지난 일이 떠올랐다.

'맞아, 강후에게 물어볼 것이 있었는데·······.'

그동안 깜박 잊었다. 장안까지 오는 도중에 몇 번이나 기회가 있었지만, 나민과 여행하는 게 워낙 즐거워서 잊어버린 것이다.

그는 강후에게 그때의 의문점을 물어보기로 했다. 마침 아무도 없으니 적당한 기회였다.

한데 바로 그때, 강후가 검을 들더니 천천히 소천화 육식을 펼쳤다.

사도관의 눈이 휘둥그레졌다.

'저, 저건……!'

그는 나뭇가지를 젖히고 앞으로 나갔다.

강후는 갑자기 들리는 소음에 검을 멈추고 몸을 돌렸다.

"어? 관 대협. 어쩐 일로……."

"자네가 어떻게 소천화를 아는 거지?"

"헛, 관 대협께서 어떻게……?"

"무영이가 가르쳐 줬나?"

강후의 눈이 튀어나올 것처럼 커졌다.

무영. 그건 사형인 사도무영의 이름이 아닌가!

"관 대협께서 어떻게 사형의 이름을 아시는 겁니까?"

"내가 먼저 물었잖아."

"그, 그게……. 예, 그렇습니다."

"근데 사형이라고? 그게 무슨 말이지?"

강후는 당황한 마음을 가라앉히고 사도관을 똑바로 쳐다보았다.

"그 전에 물어볼 게 있습니다. 어떻게 제 사형의 이름을 아시는 겁니까?"

사도관은 눈을 가늘게 뜨고 강후를 바라보았다. 그리고 툭 던지듯이 말했다.
"내 아들이니까 알지."
"예? 그게 무슨 말씀이십니까? 그 분의 함자는 사도관……."
말도 안 되는 소리라는 표정으로 사도관을 바라보던 강후의 눈이 점점 커졌다.
'관도사……. 사, 도, 관?'
"헉!"
맙소사! 그럼 앞에 있는 관도사가……!
강후는 털썩 무릎을 꿇고 고개를 숙였다.
"제자, 강후가 문주님을 뵙습니다!"
사도관이 눈을 껌벅이며 물었다.
"제자? 문주? 뭔 말이야?"
강후는 사도무영과 맺은 인연에 대해 자세히 말해주었다.
사도관은 인상을 두어 번 썼지만, 화를 내지는 않았다. 그도 강후가 그리 싫지는 않은 것이다.
"그러니까, 무영이가 자네에게 천화문의 무공을 가르쳐주었단 말이지? 천화문의 제자가 되라면서?"
"예, 문주님."
사도관은 강후가 문주님이라 부르는 걸 말리지 않았다.
'문주님'이라는 말이 은근히 기분 좋게 들렸다.

'흠, 하긴 제자 몇 있는 것도 나쁘진 않지. 나이가 좀 많긴 하지만, 무영이가 고른 사람인데 뭐.'

그런데 강후를 보다 보니 또 다른 욕심이 생겼다.

'가만? 상명승이라는 아이와 문인수영이란 아이도 자질이 괜찮아 보이던데, 본문의 제자로 삼을까?'

세 제자를 좌우에 거느리면 그럭저럭 한 문파의 주인으로서 위엄이 설 것 같다. 물론 그 전에 제자들을 강하게 만들어야겠지만.

'그것도 괜찮겠어. 꼭 나를 위해서가 아니라도 그 애들이 나민을 보호해주면 나도 마음이 편할 것 같고…….'

그는 자신의 생각에 내심 흡족해하며 강후를 바라보았다.

"중천화는 배웠어?"

"구결만 외우고 있을 뿐, 소천화를 어느 수준까지 익힌 다음에 시작해야 한다고 해서 아직……."

"어디, 내 앞에서 소천화를 펼쳐봐."

강후는 벌게진 얼굴로 일어섰다.

심장이 쿵쿵 뛰고 가슴에 불이 붙은 기분이었다.

그 말에서 자신을 받아들였다는 걸 깨달은 것이다.

"문주님의 명에 따르겠습니다!"

1.

　사대천강을 가리는 대결은 사시 정에 시작되었다.
　미리 상대를 알면 불법적인 일이 일어날 수도 있기에 대결자는 그 자리에서 결정되었다.
　첫 번째 대결자는 백사청과 담곡.
　금황종파 종주의 아들인 담곡도 약한 자가 아니었다. 하지만 상대가 백사청이라는 게 그에게는 불행이었다.
　담곡은 금황종파에서 가장 강력한 무공인 금황선기공을 끌어올리고 백사청에 맞섰다.
　그는 백사청의 강함을 익히 알고 있었다. 그래도 전력을 다한다면 쉽게 지지는 않을 거라 생각했다. 운이 좋으면 이길 수 있을지도 모르고.

하지만 그것이 얼마나 큰 착각인지 곧 깨달아야만 했다.

퍽!

휘황한 기운이 넘실거리는 가운데 둔탁한 소리가 들리는가 싶더니, 담곡이 비틀거리며 물러섰다.

창백한 안색. 입가에는 실핏줄마저 보였다.

단 오 초 만에 패색이 짙어진 담곡은 두 손을 늘어뜨렸다.

백사청이 강하다는 건 알았지만 자신이 오 초 만에 밀릴 줄이야.

그는 씁쓸한 웃음을 지으며 패배를 자인했다.

"정말 백 형의 무공은 굉장하군요. 소제는 백 형과 오 초를 겨루었다는 것만으로 만족하겠습니다."

"별 말을. 담 제의 금황선기공도 대단했네. 조금만 더 완성도가 높았다면 내가 곤란해졌을 거야."

백사청은 짐짓 겸손을 떨었다. 그러나 표정에는 오만함이 그대로 남아 있었다.

"백사청 승!"

홍포노인이 백사청의 승을 알렸다. 그리고 두 번째 대결자를 불러 올렸다.

"수라종파의 사영과 목령종파의 목인궁!"

사도무영은 목인궁을 담담한 표정으로 바라보았다.
목령종파와는 제법 인연이 깊다는 엉뚱한 생각이 들었다.
목인궁은 사도무영을 보며 이를 지그시 악물었다.
이전 싸움에서 사도무영이 어떻게 상대를 때려눕혔는지 두 눈으로 본 터였다.
당시의 상대는 자신의 아래가 아닌 자. 한데도 복날에 개 맞듯 두들겨 맞고 뻗어버렸다. 자신이라고 해서 그렇게 되지 말란 법이 없었다. 그는 목령진기를 모조리 끌어올려 두 손을 강철처럼 단단하게 만들었다.
스릉.
사도무영은 상대의 두 손이 푸르스름하게 변해가는 걸 보며 천천히 도를 뽑았다.
"내 칼은 무쇠도 자를 수 있소. 그러니 목령진기를 믿더라도 손으로 막는 것은 최대한 자제하시오. 잘못하면 손목이 달아날 수도 있으니까."
그는 친절하게 자신의 도가 얼마나 강한지 설명해주고 도를 앞으로 뻗었다.
도신에 은은한 도기가 어리는가 싶더니, 도강이 쭉 뻗었다.
무려 두 자나!
멈칫한 목인궁의 안색이 급격하게 변했다.
도기가 서린 도야 걱정할 것이 없었다. 하지만 도강이라면 이야기가 달라진다. 더구나 두 자나 뻗을 정도라면, 절정의 경지를 넘어서서 초절정의 경지에 진입했다는 뜻이 아닌가.
 그가 멈칫한 채 잠시 머뭇거리는데, 사도무영의 공격이 시작되었다.
 "시작하겠소!"
 사도무영은 아수라구도식을 착실하게 풀어냈다. 일체의 다른 변식을 배제한 채.
 도는 제 길을 따라 좌우로, 상하로 움직이며 대기를 가르고 도영을 늘렸다. 누가 봐도 단순한 도법에 지나지 않았다. 그러나 문제는 두 자의 도강이었다.
 짙푸른 도강이 두 자나 뻗어서 아수라구도식이 펼쳐지자, 마치 절세의 도법이 펼쳐진 듯 반경 일 장 안이 온통 도영으로 가득 찼다. 단순한 초식으로 가공할 위력을 발휘하는 것. 그게 바로 절세고수의 무서움이었다.
 목인궁은 대경하며 다급히 두 손을 휘둘렀다.
 그 역시 내로라하는 고수. 살을 에는 도영이 전신을 덮어오는데도 한 발자국도 물러서지 않았다.
 찰나 간에 도영과 수영이 얽혀 들었다.
 처음에는 막상막하의 접전이 펼쳐지는 듯했다.
 목인궁의 맨손은 우려와 달리 도강을 훌륭하게 막아냈다.
 따당! 퉁!
 시퍼런 수영이 도강을 쳐낼 때는, 목인궁 본인보다 오히려 구경하던 사람들이 숨을 죽이며 더 긴장했다.

그러나 그도 잠시뿐이었다.

숨을 서너 번 쉬는 시간이 흐르면서 형세가 급변하기 시작했다. 그러던 어느 순간, 갑자기 도세가 무겁게 느껴지는가 싶더니 시퍼런 손그림자를 휘감았다.

떠더덩!

둔중한 쇠뭉치끼리 부딪친 것 같은 소리가 비무대에 울려퍼지고, 목인궁이 뒤로 주르륵 밀려났다.

육 초의 도식으로 목인궁을 서너 걸음 물러서게 만든 사도무영은, 멈추지 않고 마저 아수라구도식의 나머지 초식을 펼쳤다. 찰나 간에 반경 일 장 안을 뒤덮은 도영이 목인궁을 향해 밀려갔다.

기겁한 목인궁은 자신이 지닌 최강의 수법, 목인마령장을 펼치며 사도무영의 도세에 대항했다.

콰광!

장세와 도세가 정면으로 부딪치며 굉음이 일었다.

동시에 목인궁이 찢겨진 옷자락을 펄럭이며 정신없이 뒤로 물러섰다.

사도무영은 도를 내리고 무심한 눈으로 그를 바라보았다.

"더 하겠소?"

목인궁은 중심을 잡고 자신의 가슴과 손을 내려다보았다.

가슴의 옷자락이 갈기갈기 찢겨져 있었다. 그리고 강철조차 우그러뜨릴 수 있는 목령진기가 주입된 두 손에서 피가 흘러나왔다.

만일 목령진기를 가를 만큼의 위력으로 가슴을 쳤다면? 그렇다면 옷이 갈라지는 것만으로 끝나지 않았을 것이었다.

게다가 상당한 충격을 받은 것 같은데, 이상할 정도로 내상이 심하지 않았다.

그는 사도무영을 똑바로 바라보았다.

언뜻 사도무영이 미미하게 고개를 끄덕이는 것처럼 느껴지는가 싶더니, 전음이 귓전에 울렸다.

『목 형이 크게 다치는 걸 원치 않아서 마지막에 공력을 줄였을 뿐이오. 너무 자존심 상해하진 마시오.』

그는 허탈한 표정을 지은 채 고개를 저었다.

사정을 봐주었는데도 졌다는 것을 알게 되자, 더 싸울 의욕도 느껴지지 않았다.

"졌네. 수라종파의 도법이 그렇게 무서운 줄 처음 알았군."

"본교의 도법이 강하다는 걸, 사람들이 미처 모르고 있었을 뿐이오."

심지어 수라종파 교도들조차 아수라구도식을 그저 기본도식 정도로 너무 쉽게 생각하는 판이었다. 뒤로 갈수록 진정 무서운 변화가 초식 안에 숨어있다는 걸 까맣게 모르고.

아수라광마가 그 도법을 수라경에 남겼을 때는 그만한 이유가 있거늘.

"수라종파의 사영 승!"

홍포노인이 떨떠름한 표정으로 사영의 승리를 알렸다.
 백사청이나 현유와 붙었어야 저 얄미운 놈이 박살났을 텐데……. 그런 마음인 듯 아쉬운 표정이었다.
 수라종파 쪽에서 환호가 터져 나왔다.
 "와아아아!"
 "단주님 최고다!"
 "누가 우리 단주님을 이길 소냐!"
 "누구든 나와 봐!"
 대부분 수라단이 광적으로 질러대는 소리였는데, 사도무영을 경원시하던 삼당의 사람들조차 기뻐하는 표정을 감추지 못하고 한마디씩 했다.
 "제법이군, 사대천강까지 올라가다니."
 "이거, 이러다가 쌍령까지 올라가는 거 아냐?"
 "설마? 그래도 어쨌든 기분은 좋군. 본교의 사람이 사대천강에 꼽히다니 말이야. 하하하."
 그 와중에도 감교악은 조용히 미소를 지으며 고개만 끄덕였다. 하지만 속에선 온갖 생각이 휘돌고 있었다.
 '우리 수라일파를 무시했던 놈들, 지금쯤 배가 아파 죽을 지경이겠군! 좋았어. 저놈이라면 모험을 해볼 수도…….'
 그리고 감평악은 최대한 기쁨을 자제한 채 주먹을 불끈 움켜쥐었다.
 '됐어! 사대천강에 든 이상 이제 종주도 사영을 함부로 못

속고, 속이고……. 287

해! 흐흐흐흐, 마침내 저놈과 좀 더 심도 깊게 이야기를 나눌 때가 된 것 같군.'

그들이 동상이몽(同床異夢)에 빠져있는 동안, 사도무영은 가볍게 고개를 숙이고 몸을 돌렸다.

저만치 추은교와 석장추가 보였다.

『원래 팔다리 하나쯤 잘라버리려고 했는데, 당신들 봐서 이 정도로 끝낸 줄 아시오.』

인심 써서 나쁠 것은 없었다. 언젠가를 위해서라도.

추은교와 석장추는 사도무영의 전음에 어떤 반박도 하지 못했다. 목인궁의 표정으로 봐서 사실인 것처럼 보인 것이다.

『고맙네.』

추은교는 쓴웃음을 지으며 고마움을 표하고, 석장추는 속으로 사도무영을 씹었다.

'그래, 잘났다, 자식아!'

사도무영이 내려단 지 반각이 지나자 세 번째 대결이 펼쳐졌다.

현유와 여화란의 대결이었다.

마주서자마자 여화란이 먼저 달려들었다.

현유의 강함을 알면서도 선공을 날리는 그녀를 보고 사도무영은 이맛살을 찌푸렸다. 그녀는 결코 현유의 상대가 아니었다. 정면으로 부딪치면 일장의 교환만으로도 적지 않은 피해를 볼지 몰랐다.

'왜 서두르지?'

결과는 그의 예상대로였다.

쾅!

여화란은 현유와 일장을 나누고 다섯 걸음을 물러났다.

현유는 물러서는 여화란을 쫓지 않고 여유만만하게 바라보기만 했다. 가지고 놀다 철저히 무너뜨리겠다는 건지, 아니면 여자라서 봐주는 건지 분명치는 않았다.

다만 확실한 것은, 여화란을 바라보는 그의 눈빛 깊은 곳에서 욕망의 빛이 넘실거리고 있다는 것이었다.

'일 년 정도는 가지고 놀아도 질리지 않을 것 같은 계집이야. 크크크크, 나의 강함을 알려주어서 확실하게 기를 눌러야겠어. 나는 기가 센 여자는 필요 없거든.'

하지만 그에겐 여화란의 기를 누를 기회가 없었다. 여화란이 그 상태에서 비무를 포기해버린 것이다.

그것은 누구도 예상치 못했던 일이었다.

"제가 졌어요."

너무 싱거운 패배선언에 여기저기서 야유가 쏟아졌다.

그러나 여화란은 고개를 꼿꼿이 든 채 몸을 돌렸다. 미련도 아쉬움도 없는 것처럼 느껴지는 행동이었다.

"현유 승!"

뒤에서 홍포노인의 선언이 들려왔다.

여화란은 자신과 전혀 상관없는 일이라도 되는 양 그 소리에 아무런 반응도 보이지 않고 비무대 아래만 둘러보았다.
　그러다 사도무영과 눈이 마주치자, 자신도 모르게 빙그레 웃었다. 비록 면사에 가려지긴 했지만, 사도무영은 그녀가 환하게 웃고 있다는 걸 바로 알아보았다.
　'윽, 내가 무슨 생각을 했는지 알아챘나 보군.'
　그는 다른 사람과 달리 내심 안도하고 있었다.
　자존심 상하는 게 싫어서 상대가 되지 못할 사람과 계속 싸우는 것은 미련한 짓이었다. 더구나 현유는 여화란이 자존심을 따지기에는 너무 강한 상대였다.
　그런데 여화란이 더 생각할 것도 없다는 듯 패배를 자인해 버린 것이다. 그래서 자신도 모르게 안도하고 있는데, 여화란이 그 모습을 보고 자신의 마음을 짐작한 것 같았다.
『제가 걱정되었나 봐요?』
『어리석게 굴지 않은 것은 다행이었소.』
『훗, 현유는 제가 상대할 수 있는 사람이 아니에요. 생사를 건 전쟁에서의 싸움도 아닌데, 왜 그런 사람과 길게 싸우겠어요?』
『그래도 너무 빨리 패배를 시인했는데, 당신의 종주가 뭐라 하지 않겠소?』
『상관없어요. 어머니는 어차피 제 고집을 꺾지 못해요. 그리고 제가 일찍 패배를 자인한 것은 현유가 강하다는 이유 때문만은 아니에요. 저는 그 사람이 싫거든요.』

어머니라고?

'어쩐지 여화란이 바로 패배를 시인했는데도 환희종파의 종주가 가슴을 쓸어내린다 했더니……'

그런데 여화란은 현유를 왜 싫어하는 걸까?

사도무영은 해서는 안 될 의문을 품었다. 그리고 묻지 말았어야할 질문을 했다.

『왜 그를 싫어하는 거요?』

여화란이 밝은 표정을 지었다. 그 질문을 해줘서 즐거운 것 같았다.

『저는 그 사람과 마주보고 서 있는 것도 싫어요. 눈빛이 당신과는 완전히 다르거든요.』

그놈의 눈빛은!

『당신과 상대가 되었으면 마음이라도 편했을 텐데…….』

헉! 그런 생각하지 마쇼. 머리 아프니까.

하지만 사도무영의 머리야 빠개지던 말든 여화란은 궁금한 것이 많았다.

『그런데 당신과 항상 같이 있는 여인은 부인인가요? 아니면 몸종? 그녀는 잘 때도 당신과 함께 자나요? 당신을…… 즐겁게 해주나요?』

여화란의 관심이 깊은 곳까지 파고든다. 마지막 말을 할 때는 얼굴까지 살짝 붉혀가면서.

사도무영은 위협(?)을 느끼고 그녀의 말을 끊었다.

마침 마지막 대결을 위해 대유청과 철사명이 비무대 위로 올라가는 게 보였다.
　『저기, 잠깐만! 아직 비무가 다 끝난 것이 아니니 거기까지만 합시다.』
　여화란이 만약 음탕한 마음으로 그런 말을 했다면 다른 식으로 말을 끊었을 것이다. 그러나 질문을 던지는 그녀의 눈망울은 너무나 순진했다. 신비하게 느껴질 정도로.
　사도무영은 차마 그 눈에 대고 심한 말을 할 수가 없었다.
　'무서운 여인이군. 후우, 괜히 물어봐서……'

2.

　사대천강에 오르자 대번에 대우가 달라졌다.
　사대천강은 강호로 나갈 선발대 중 하나를 맡을 책임자들인 것이다.
　"하하하, 수고가 많았네, 사 단주."
　방으로 찾아온 감평악의 말투도 더욱 부드러워졌다.
　그는 만면에 웃음을 지은 채 넌지시 말했다.
　"이제 나라 해도 사 단주에게 이래라저래라 할 수 없게 되었군."
　"사대천강이 그 정도의 위치인 줄은 미처 몰랐군요."

"어디 나뿐인가? 종주조차 자네를 임의대로 벌할 수 없다네. 오직 대교주님만 처벌할 수 있을 뿐이지."

"그래요?"

"험, 해서 자네를 적극적으로 추천해서 이번 호교무장전에 내보낸 걸세."

감평악은 마치 자신이 잘해서 사대천강이 된 것처럼 말했다.

사도무영은 그의 말을 듣고, 그가 뭔가를 원한다는 걸 감지했다. 하지만 일단 모른 척하고 담담히 말했다.

"하긴 제가 여기까지 올라온 것도 다 총령의 배려 덕분이지요. 그런 만큼 총령께 뭐라도 해 드리고 싶은데……."

감평악의 눈빛이 사이하게 반짝였다.

"그게 정말인가?"

"당연한 일 아닙니까? 혹시 제게 뭐 바라시는 거라도……."

감평악은 사도무영의 눈을 똑바로 바라본 채 조심조심 입을 열었다.

"하나 있긴 한데……."

"소연이 이야기는 빼고 하셨으면 합니다."

사도무영이 슬쩍 제동을 걸었다.

감평악의 표정이 괴이하게 비틀어졌다.

'나를 어린 소녀나 탐내는 사람 취급하다니. 이놈의 자식이…….'

그는 속으로 사도무영의 목을 움켜쥐고 싶었지만 꾹 참았다.

지금은 화낼 때가 아니었다. 자신이 이긴다는 보장도 없고.
한편으로는 차라리 그런 것이나 걱정하는 사도무영이 상대하기 편했다.
"걱정 말게. 내 어찌 자네의 여자를 탐하겠나?"
"제가 너무 성급했나 보군요. 그럼 뭐든 말씀해 보시지요."
적소연만 욕심내지 않으면 뭐든 상관없다는 투다.
감평악은 부담감이 덜해졌다. 쓸데없이 잔머리 굴리는 놈보다 이런 놈이 차라리 나았다.
그는 고개를 쑥 빼고, 다른 사람이 들을 수 없게끔 음파를 차단한 채 사도무영에게 말했다.
"나에겐 꿈이 있다네. 종주님처럼 다른 종파와 아웅다웅해서 위치를 높여보려는 그런 조잔한 꿈이 아니라네."
"사실 종주님의 속이 좁긴 하죠."
사도무영은 눈까지 찡긋하며 장단을 맞춰주었다.
감평악이 환하게 웃었다.
"자네도 느꼈나 보군."
"저도 그 정도 눈치는 있습니다."
"그래서 말인데……. 자네와 내가 손을 잡으면 지금보다 더 나아질 거라 확신하고 있다네."
감평악은 차마 '자네와 함께 종주를 치면'이라고는 못하고 살짝 돌려서 말했다.
사도무영이 제법 심각한 표정으로 되물었다.

"정말 그럴까요?"

"물론이지."

"그럼 망설일 것이 없을 것 같은데요."

"허허허, 역시 내가 사람은 잘 봤어. 수라단을 단숨에 휘어잡을 때부터 화끈한 친구라는 건 알았지만, 정말 나와 잘 통하는구먼."

"일단 어떻게 하실 것인지 말씀해 보시죠."

이미 할 말 다한 터였다. 못할 말이 없었다.

"나에겐 수라마체 스물이 있네. 그들은 자네도 잘 알다시피, 하나하나가 절정고수들을 상대할 수 있다네. 그리고 자네에겐 수라단이 있고 말이야. 수라십이살이 종주를 호위한다지만, 그들만으로는 우리를 막을 수 없을 게야."

"장로와 호법들이 보고만 있겠습니까?"

"후후후, 그들 중 반은 내 사람이네. 나머지 반에서도 진정으로 종주를 따르는 사람은 둘 정도에 불과하지. 종주가 워낙 악랄해서 인심을 못 얻었거든."

그는 서슴없이 자신의 형인 감교악을 악랄하다고 평했다.

이제 갈 데까지 다 갔다는 마음인 듯했다.

"제가 할 일은 뭡니까?"

"자넨 종주만 맡아주게. 나머지는 내가 다 알아서 처리하겠네."

"잘못해서 수라마체들이 저를 공격하는 일은 없겠습니까?"

"후후후, 그런 걱정은 하지 않아도 되네. 그들은 내가 미리 조치해 놓을 테니까."

"그래도 만약을 생각해서 수라마체를 다루는 법 정도는 알아놔야 할 것 같습니다만."

당신이 수라마체를 총동원해서 나를 공격할지도 모르잖소?

사도무영은 그런 의미를 담은 눈빛으로 감평악을 직시했다.

감평악은 잔머리가 발달한 자답게 사도무영의 눈빛이 뜻하는 바를 바로 눈치챘다.

지금 상황에선 서로 간에 의심이 있으면 안 됐다. 게다가 사도무영 정도는 자신이 마음대로 조종할 수 있다고 생각했다. 정 안되겠으면, 종주와의 싸움으로 지쳐있을 때 제거하면 될 것이고.

종주를 치고 자신이 수라종파의 종주가 될 생각에 한껏 고무된 감평악은 자신의 밑천을 내놓았다.

"자네가 정 마음에 걸린다면, 내가 수라마체를 부리는 법을 하나 일러주겠네. 그럼 수라마체들이 절대 자네를 공격하지 않을 거네."

사도무영은 짐짓 무안한 표정을 지었다.

"그래도 괜찮겠습니까? 이거 제가 너무 무리한 부탁을 하는 것이 아닌지 모르겠습니다."

"허허허, 내 자네를 믿는데 무엇을 못해 주겠나?"

어차피 수라마단이 없으면 피를 토하며 죽을 놈인데 말이야.

감평악은 그렇게 생각하며 사람 좋은 웃음을 지었다.

수라마단은 재료만 준비해 놓고 그때그때 필요한 만큼만 합성한다. 그리고 그 합성법을 알고 있는 사람은 단둘뿐이었다.
 감교악과 자신.
 '형이 죽으면 합성법을 아는 사람은 나밖에 없지. 내 말을 듣지 않으면 너는 살아남지 못해. 수라마단은 네가 아는 것보다 열 배는 더 지독하거든. 흐흐흐흐……..'

 감평악이 돌아간 지 한 시진, 이번에는 감교악이 사도무영을 찾았다.
 단둘만의 독대였다.
 감평악은 물론이고, 호법과 장로 누구도 방에 들이지 않았다. 평소의 감교악을 생각한다면 의외의 일이 아닐 수 없었다.
 "내가 왜 불렀는지 아나?"
 "선물이라도 주려 부르신 겁니까?"
 "선물이라……. 그렇게 말해도 상관없겠지."
 감교악은 묘한 웃음을 지었다.
 사도무영은 그 웃음에서 왠지 모를 묘한 이질감을 느꼈다. 처음 봤을 때의 감교악과 다르게 느껴진 것이다.
 섬뜩함은 여전했지만, 그 뒤에 세상만사 다 산 사람 같은 공허함이 있었다.
 감교악이 왜 저런 눈빛을 짓는 걸까?
 혹시 감평악 때문에?
 그럴 가능성도 충분했다. 그러나 꼭 그런 것만은 아닌 것 같앉다.

그때 감교악이 입을 열었다.

"평악이 너를 찾아갔다고 하더군."

같은 건물에 있으니 조금만 신경 쓰면 당연히 알 수 있는 일이었다.

"예, 종주."

사도무영이 순순히 대답하자, 감교악은 여전히 웃음을 지은 채 의도적으로 말을 돌렸다.

"내가 어떤 선물을 주려고 하는지 아느냐?"

"제가 귀신도 아닌데 어떻게 알겠습니까?"

'신안을 뜬다면 이자의 마음을 알 수 있을까?'

사도무영이 엉뚱한 생각을 하는데 감교악이 목을 문지르며 엉뚱한 이야기를 늘어놓았다.

"나는 많은 사람을 죽였다. 내 마누라도 셋이나 내 손에 죽었지. 내 아이를 낳지 못했거든."

그걸 자랑이라고 말하다니.

'감평악이 악독하다는 말을 할 만하군.'

"그런데 말이야, 비록 내 아이는 아니어도 마누라가 낳은 아이가 하나 있어."

처음 듣는 말이었다.

그때 문득 한 사람이 떠올랐다.

'혹시 그가……'

"아마 세 번째 마누라는 그 아이를 내 아이라고 속이려고 했던 모양이야. 크크크크……. 이전의 두 마누라가 왜 아이를 가지지 못했는지도 모르고 말이지. 그래서 결국 그 계집도 죽였지. 그 계집을 꼬드긴 놈도 불에 태워서 죽이고."

사도무영은 아무 말도 하지 않고 감교악만 바라보았다.

감교악의 스스로의 말에 취한 듯 눈을 번들거리며 말을 이었다.

"원래 그 아이도 같이 죽이려고 했는데, 무슨 생각이었는지 그러지를 못했어. 그리고 벌써 이십오 년이 흘렀지."

입을 다문 감교악의 눈빛이 깊게 가라앉았다.

그는 한참 동안 허공을 바라보더니 싸늘한 어조로 말했다.

"후후후후, 세상에는 나를 우습게 생각하는 놈이 많아. 나를 너무 쉽게 본 거지. 이번에 그놈들의 뒤통수를 칠 작정인데, 네가 그 일을 좀 도와줘야겠다."

앞뒤가 맞지 않는 이야기였다.

그래서 사도무영은 말하기가 더 조심스러웠다. 두려울 것은 없지만, 아직은 수라종파의 교도라는 신분이 필요했다.

"어떤 걸 도와달라는 말씀입니까?"

감교악이 하얗게 웃으며 탁자 위에 뭔가를 올려놓고 사도무영에게 밀었다.

"그게 뭡니까?"

"받아라, 종주의 신물로, 수라령이라는 것이다."

"예? 그걸 왜 저에게 주시는 겁니까?"

사도무영의 눈이 한껏 커졌다. 만사에 평정심을 유지할 수 있는 그라 해도 놀라지 않을 수 없었다.

종주의 신물을 자신에게 주다니!

말도, 행동도 도무지 일관성이 없었다. 오죽하며 '이 인간이 미쳤나?' 그런 생각마저 들었다.

하지만 감교악은 조금도 이상할 것 없다는 투로 말했다.

"완전히 주는 것이 아니다. 수라령을 이용해서 한 가지 일을 해주고, 나중에 쓸 만한 놈이 있으면 그놈에게 넘겨주면 된다. 그럴 놈이 없으면 네가 종주가 되도 상관없고."

종주가 되라고? 자신이 왜 수라종파의 종주가 된단 말인가?

사도무영은 말도 안 된다는 듯 손을 저었다. 그는 수라종파의 종주가 되고 싶은 마음이 눈곱만큼도 없었다.

"저는 종주가 되고 싶은 마음이 조금도 없습니다."

"크크크, 종주가 되기 싫다? 네놈이라면 그런 말을 할 줄 알았지."

감교악이 나직이 웃으며 말했다. 가식적인 웃음이 아니었다. 비록 짧은 웃음이었지만, 거기에는 진정 즐겁다는 마음이 깃들어 있었다.

그래서 사도무영은 더 곤혹스런 마음이었다.

'이 인간이 진짜 미친 거 아냐? 갑자기 왜 이래? 나를 놀리는 게 그렇게 재밌나?'

사도무영은 감교악을 노려보며 넌지시 물었다.
"그걸 알면서 수라령을 왜 저에게 맡기겠다는 겁니까? 총령이나 제자인 도 공자도 있고, 다른 장로 분들도 많지 않습니까?"
감교악은 그에 대한 대답을 미루고, 대신 다른 제안을 했다.
"내 부탁을 들어주면 수라마단의 해독제를 주마."
수라마단의 해독제!
자유를 준다는 말과도 같았다.
사도무영이 수라마단의 금제를 풀 수 없다면 그것은 커다란 선물이 될 수 있었다. 그러나 사도무영에게는 수라마단의 금제를 풀 수 있는 방법이 있었다. 아직 확실치는 않지만.
그럼에도 불구하고 사도무영은 수라마단의 해독제를 가볍게 생각하지 않았다.
해독제가 있으면 다른 사람의 자유를 찾아줄 수 있는 것이다. 적소연과 적도광을 비롯한 수라단의 단원들 말이다.
만에 하나 자신의 방법대로 해서 금제가 풀리지 않는다면 자신이 사용할 수도 있고.
사도무영은 조금 전과 달리, 깊게 침잠된 눈빛으로 감교악을 직시했다. 감교악처럼 속을 알 수 없는 사람이 수라령에, 수라마단의 해독제까지 들이밀지 않는가. 아무래도 대충 얼버무리며 대할 상황이 아니었다.
"도대체 왜 제게 그런 제안을 하는지 이유를 알고 싶습니다만."
바로 그때였다. 감교악이 갑자기 질문을 던져 사도무영의 가슴에 비수를 푹 꽂았다.

"조금 전에 평악을 만났다는 걸 안다. 평악이 나를 죽이자고 했지? 나를 죽이고 수라종파를 삼키자고 말이야."

입가에 조소가 걸려 있다. 다 알고 있다는 표정.

'미치겠군.'

사도무영은 어깨를 으쓱 추켜올리고 머쓱한 웃음을 지었다.

알고 있는 사실을 속이려는 것만큼 어리석은 일이 없었다. 차라리 까발려놓고 대응하는 게 낫지.

감교악이 수라령을 내놓으면서까지 물을 때는 이유가 있을 터, 사도무영은 별일 아니라는 것처럼 대답했다.

"그러더군요."

"그래서 승낙했나?"

"승낙 안 하면 전력을 다해 저를 제거하려고 할 거 아닙니까?"

한 사람은 '너 나를 죽이겠다고 했지?' 하고, 한 사람은 '그래, 죽이려고 했다.' 그렇게 말한다.

둘 다 제정신이 아니었다. 사정을 모르는 사람이 들었으면 골이 지끈거리다 못해 둘로 쪼개졌을지도 몰랐다.

그러나 당사자들은 남의 일처럼 그 이야기를 나누었다.

"평악, 멍청한 놈. 크크크크……. 놈은 내가 멀쩡한 줄 알지. 내가 그렇게 생각하게 만들었으니까."

"그럼 어디 아프신 데라도 있단 말씀입니까?"

감교악은 이를 다 드러내고 소리 없이 웃으며 가슴의 옷자락을 젖혔다.

왼쪽 유두의 아래쪽에 새카만 반점이 있었다.

"놈이 오 년 전에 사람을 시켜 독을 썼다. 나는 독을 쓴 놈을 잡아서 사지를 잘라 죽였지. 그리고 중독이 안 된 것처럼 철저히 행동하면서, 그 일에 직접적으로 관련된 자들 열두 명을 잡아서 돼지밥으로 만들어 버리고, 간접적으로 연루된 사십이 명의 목을 잘라 전각 주위에 내걸었다. 몇 년간 수라곡 전체가 공포에 질렸지. 그 와중에 나는 아무도 모르게 독과의 싸움을 벌이고 말이야."

그 일에 대해선 감평악도 한 마디 해주지 않았다. 수라종파의 치부이자 내부적인 비밀이기 때문일 것이다.

그런데 왜 모든 걸 자신에게 다 드러내놓는 걸까?

그만큼 급박해졌다는 말.

사도무영은 그렇게 판단했다.

'어쩐지, 기운이 뒤틀린 것처럼 느껴지더라니. 단순한 병인 줄 알았는데 중독되어서 그랬던 거군.'

병이 깊은데도 종주의 위명으로 사람들을 누르는 줄 알았다. 감평악은 그래서 음흉한 계획을 세운 거고.

그런데 자신의 예상과 비슷하면서도 많은 것이 달랐다.

사도무영은 감교악의 두 눈을 똑바로 바라보며 물었다.

"총령은 왜 살려둔 겁니까?"

"완벽한 해독제의 제조법을 알고 있는 놈은 그놈뿐이거든.

중독된 몸으로는 놈을 죽이기도 쉽지 않고, 죽이면 해독제를 얻을 수 없으니, 일단 살려두고 빈틈이 보이기를 기다린 거지."

지독한 자였다. 해독제를 얻기 위해 몇 년을 내색 한 번 안 하고 살아오다니.

사도무영이 혀를 내두르는데 감교악의 목소리가 이어졌다.

"그런데 이제는 해독제가 있어도 소용이 없게 되었어. 나도 모르는 사이 또 다른 독에 중독되어서 심장이 녹고 있거든. 잘해야 사흘을 견딜 수 있으려나?"

목숨이 사흘도 안 남았다고?

사도무영은 가슴이 서늘해졌다.

죽음을 앞두고 저렇게 태평하다는 것은 둘 중 하나였다. 어떤 일에 대한 준비가 다 되었든지, 아니면 자포자기에 빠졌든지.

그러나 사도무영이 아는 한, 감교악 같은 사람은 절대 자포자기에 빠지는 사람이 아니었다.

"오랫동안 극소량의 독을 써서, 그토록 철저히 대처했는데도 미처 발견하지 못했다. 만일 두 가지 독이 부딪치지 않았다면 몰랐을 정도니까. 해서 놈을 도망갈 수도 없는 이곳에서 호교무장전이 끝나면 공개적으로 제거할 작정을 했지. 어제⋯⋯ 내가 잘못 알고 있는 게 하나 있다는 걸 알게 되기 전까지만 해도."

'복잡하군.'

그때 감교악이 눈빛을 번들거리며 나직이 웃어댔다.

"크크크큭, 알고 보니 말이야, 나중에 독을 쓴 사람은 그놈이 아니었지 뭐냐."

사도무영은 묵묵히 감교악을 바라보았다.

기이했다. 당연히 분노해야 마땅했다. 한데…… 그의 말투나 표정에서 분노가 느껴지지 않았다.

감교악은 한참 만에 웃음을 가라앉히고 사도무영을 기이한 눈으로 쳐다보았다.

"왜 너를 택했냐고 물었지? 그건 네가 수라종파에 있을 놈이 아니라는 걸 알았기 때문이다. 이쪽도 저쪽도 아닌, 자신만의 목적을 지닌 놈이라는 걸 말이야. 그래도 이해하기 힘들다면, 네 눈이 마음에 들어서 그랬다고 해두지. 네 눈에서 묘한 힘이 느껴지거든."

자신에 대해 이미 파악하고 있었다는 말.

의외였다. 그걸 알고도 태연했다니.

"저에게 다른 목적이 있다는 건 어떻게 아셨습니까?"

감교악의 입꼬리가 비틀어졌다. 조소 같기도 하고, 재미있어 하는 것 같기도 했다.

"크크크, 현천비령공을 엉터리로 펼치고도 태연하더군. 아주 강심장이야. 예전에 보지 못했다면, 나도 깜빡 속을 뻔했지."

그랬나? 자신이 속인 줄 알았더니 거꾸로 속은 거였나?

"그걸 보고 너에게 다른 목적이 있다는 걸 알았지. 평악에게 수라곡이 구천신교냐고 물었다지? 크크크, 그럼 구천신교에 들어가는 것이 목적이라는 말인데…… 잘하면 내 계획에 이용할 수 있겠다 싶더군."

사도무영은 대충 내막을 알고 쓴웃음을 지었다. 결국 감교악은 그때부터 자신을 어떻게 이용할 것인가를 생각하고 있었다는 말이 아닌가?

'세상은 역시 만만한 곳이 아니군.'

그때 감교악이 마지막 주사위를 던졌다.

"네가 이곳에 들어오려 했던 목적이 뭔지는 정확히 모른다. 하지만 수라령이라면, 네 목적이 무엇이든 상당한 도움이 될 거다. 수라종파의 사람 누구도 너의 명령을 거부할 수 없을 테니까. 너는 내 부탁을 들어주고, 수라령은 너를 돕고, 상부상조하는 거지. 어떠냐?"

3.

아침이 되자 감교악이 간부들을 모두 불러들였다.

감평악, 감중악을 비롯한 삼당의 당주, 장로와 호법, 사도무영과 도담까지.

사람들이 모두 좌정하자 감교악이 입을 열었다.

"내가 수라단주에게 선물을 주겠다고 한 것을 모두 알 것이다. 해서 어제 불러 선물을 주었지. 뭘 주었는지는 나중에 차차 알게 될 게야."

감평악은 사도무영을 보며 빙그레 웃었다.
"축하하네."
사도무영은 웃음이 터져 나오려는 것을 가까스로 참았다.
'글쎄요……. 그 말 하기는 조금 이른 것 같군요.'
감교악도 별다른 표정변화를 보이지 않고 감평악과 간부들을 둘러보며 담담히 말했다.
"앞으로 모두들 사 단주와 협력해서 본교의 위상을 높여주길 바란다."
감평악이 제일 먼저 고개를 숙이며 대답했다.
"당연히 그래야지요. 본교에서 사대천강이 나왔는데, 우리가 돕지 않으면 누가 돕겠습니까?"
감교악은 입술을 살짝 비틀어 웃음을 보이고는 사도무영을 바라보았다.
"쌍령에 올라라. 쌍령에 오르면, 뭐든 네가 하고 싶은 대로 할 수 있을 것이다."
두 사람의 눈이 마주쳤다.
쌍령에 오르면 수라령으로 무슨 일을 해도, 설령 종주가 되어도 감평악 등이 반발하지 못한다. 그러면 구천신교에 반발하는 셈이니까.
감교악의 말뜻은 바로 그것이었다.
사도무영은 감교악의 눈빛 깊은 곳에 어려 있는 죽음의 그림자를 보고 마음이 착잡했다. 어제 저녁에만 해도 보이지 않던 것이 단 몇 시진 만에 보인다. 그만큼 독력이 빠르게 퍼지고 있다는 뜻.

'당신을 불쌍하게 생각하지는 않을 거요. 당신에게 죽은 사람들이 나를 원망할지 모르니까. 그래도 수라령은 내 일에 도움이 될 것이 분명하니, 잘되든 못되든 그것만큼은 고맙게 생각하겠소.'

4.

둥! 둥! 둥! 둥!
북소리가 울렸다.
마침내 호교무장전의 꽃이라 할 수 있는 사대천강끼리의 대결이 시작된 것이다. 북소리가 그치자, 이번 대결을 주관하게 될 현천교의 장로 한 사람이 비무대 위로 올라왔다.
전과 달리 일반 장로가 아닌 수석장로 우굉이었다.
"현천교의 백사청, 현유, 수라종파의 사영, 일양종파의 철사명! 네 사람은 비무대 위로 올라오시오!"
백사청과 현유가 먼저 비무대 위로 올라갔다. 두 사람은 구름다리를 건너듯 허공을 걸어서, 깃털처럼 가벼운 몸놀림으로 비무대 위에 내려섰다.
절정의 허공답보에 사람들이 환호를 내질렀다.

"이야! 대단하군!"
"진짜 멋지다!"
"꺄아아! 오라버니!"
환희종파의 여인들은 비명에 가까운 괴성을 지르며 손을 흔들었다.
그사이 철사명이 독수리처럼 날렵하게 몸을 날려 우굉 앞에 내려서고, 사도무영은 털레털레 걸어서 계단을 밟고 비무대 위로 올라갔다.
뒷짐까지 지고 걸어가는 그를 보고 사람들이 야유를 보냈다.
"우우우우!"
"수라종파의 애송이! 겁나면 그냥 내려와라!"
"팔다리 부러진 후에 후회 말고 포기해!"
"네놈의 운도 이제 끝이다, 이놈아!"
주로 신월교, 금황종파, 화화종파 등 수라종파에 참담하게 패한 종파의 교도들이었다.
하지만 사도무영은 얼굴색 하나 변하지 않고 우굉 앞까지 걸어갔다. 기다리는 사람들이 지루할 정도로 천천히.
백사청이 그걸 보고 담담히 말했다.
"싸우기 싫으면 그냥 내려가게. 사대천강에 든 것만도 높이 쳐주고 있으니 그 정도로 만족하고 말이야."
"제가 왜 그래야 한다는 거죠?"
"아니면 왜 열흘 굶은 강아지처럼 행동이 굼뜬가?"

"걸어서 오면 안 된다는 법이라도 있습니까?"
'이놈이!'
"걸어오는 게 문제가 아니라 성의가 없는 것 같아서 하는 말이네."
"이상하군요. 겉멋 잔뜩 내면서 등장하면 성의가 있는 것이고, 걸어서 올라오면 성의가 없는 겁니까?"
백사청은 스산한 눈으로 사도무영을 노려보았다.
나름대로 괜찮은 실력이 있는 것 같아서 나중에 자신의 아래로 둘까 했다. 한데 말투가 영 건방졌다.
'반쯤 죽여 놔야 고개를 숙일 놈이로군. 스스로 매를 벌었으니 후회하지 마라, 이놈.'
마침 우굉이 나서면서 두 사람의 신경전이 막을 내렸다.
"이제 서로의 상대를 정하겠소이다! 사영과 철사명은 전통에 있는 화살을 뽑아주시오! 홍시를 뽑은 사람은 백사청과, 청시를 뽑은 사람은 현유와 대결하게 될 것이오!"
전통에는 두 개의 화살만이 담겨 있었다. 두 사람이 현천교의 사람이니 같은 종파의 교도끼리 붙지 않게끔 머리를 쓴 것이었다.
어떻게 보면 불평등한 일이었다. 결국 자기편끼리는 붙지 않으니 둘 중 하나는 무조건 올라갈 것인 아닌가. 하지만 처음부터 그렇게 해왔으니 이제 와서 불평할 수도 없었다.
사도무영은 철사명보다 한 발 먼저 전통을 향해 걸음을 옮겼다.

 백사청과 현유가 각기 다른 뜻을 품고 사도무영을 노려보았다.
 '사영이란 놈. 왠지 껄끄러운 놈이야. 저놈보다는 차라리 철사명이 나아.'
 '사영, 이놈! 제발 나에게 걸려라!'
 한데 그때, 철사명이 손을 뻗으며 사도무영을 불렀다.
 "잠깐!"
 사도무영이 멈칫한 사이, 철사명이 앞으로 나서며 씩 웃었다.
 웃는 입술 끝이 보일 듯 말듯 떨리는 게 긴장된 듯했다.
 "내가 먼저 뽑지."
 사도무영은 고개를 끄덕였다.
 "좋으실 대로."
 "고맙군."
 철사명은 숨을 느릿하게 들이쉬고는, 전통으로 손을 뻗어 두 개의 화살 중 하나를 쥐었다.
 화살을 쥔 손에서 땀이 배었다.
 백사청과 현유, 둘 다 그에게 벅찬 상대였다. 그래도 둘째인 백사청보다는 셋째인 현유가 걸려야 승률이 조금이나마 높아질 것이었다.
 '반드시 청시를 뽑아야 해!'
 스르르르.
 마침내, 철사명의 손길을 따라 화살이 천천히 뽑혀 나왔다.

사도무영을 바라보던 현유와 백사청의 눈이 동시에 전통으로 향했다.
 청시냐, 홍시냐!
 백사청과 현유만이 아니었다. 장내의 모든 사람들이 일제히 숨을 죽이고 철사명의 손만 쳐다보았다.

⟨5권에서 계속⟩

김정률 판타지 소설

FUSION FANTASY STORY & ADVENTURE

하프 블러드(Half Blood)의
블러디 스톰 레온,
블러디 나이트로 돌아왔다!

트루베니아 연대기

판타지의 신화를 창조해가는
최고의 작가 김정률!
『소드 엠페러』그 신화의 시작.

『다크메이지』, 『하프블러드』,
『데이몬』에 이은 또 하나의 대작!

dream books
드림북스

방수윤 신무협 소설

허부대공
虛夫大公

ORIENTAL FANTASY STORY & ADVENTURE

장르문학 최대 사이트 문피아(MUNPIA)의
독자들을 단숨에 사로잡은

『천하대란』, 『용검전기』, 『무도』의 작가
방수윤의 2007년 최고의 고감도 무협!

이제 허부대공에 의해 구주 무림의 역사가 다시 쓰여진다!

득시공검자지불멸(得時空劍者之不滅)!
시공검을 얻는 자 불멸하리라!

dream books
드림북스